上手な犬の壊しかた

玩具都市弁護士《トイ・シティ・ロイヤーズ》

青柳碧人

講談社
タイガ

カバー立体造型
CGデザイン　ワクイアキラ
イラスト　川西ノブヒロ
デザイン　坂野公一（welle design）

目次

登場人物紹介&用語説明

玩具たち——人工知能の性能が上がり、感情を持つことが可能になった玩具たち。だが古いモデルとなり、捨てられた玩具たちは野良《のら》玩具となり人間たちに反発し……

バッバ・シティ——捨てられた玩具たちが集まり、人間とともに暮らすことになった街。通称「悪魔のおもちゃ箱」。十六ある区のうち十五は、荒《すさ》んだ玩具たちの集団、マフィア玩具団が支配している

ベイカー——バッバ・シティに住むパン屋。かつては外の街で敏腕弁護士として名を馳《は》せていたらしいが、事情がありこの街に流れ着いた。ミズキを保護し、同居させている

ミズキ——正義感の強い女の子。名門女学園であるヴィーダブリッジ・アカデミーに在籍しているが、玩具訴訟を専門に扱う玩具弁護士の父・シンヤが失踪《しっそう》。その手がかりを求めてバッバ・シティにやって来た

天使《エンジェル》——バッバ・シティの玩具がらみの事件を扱う、警察・検察を兼ね備えた組織。白い制服を身に纏《まと》い、正義の名のもとに、人間に被害を与えた玩具たちを厳しく取り締まる

上手な犬の壊しかた

玩具都市弁護士《トイ・シティ・ロイヤーズ》

CASE 1. 倒すのは、ドミノだ

1.

その玩具《がんぐ》がバッバ・シティにあるベイカーの店《ブラック・ベイカリー》に飛び込んできたのは、午前十一時のことだった。ベイカーは店を同居人のミズキに預け、開けたまま厨房《ちゅうぼう》でエビを作っていた。ちょうど生地《きじ》の形を整え終わり、焼き上げのためにオーブンの温度上昇を待っているときだった。


店の扉にとりつけてあるブルーベリーの形をした鐘がけたたましく鳴ったかと思うと、

「ベイカーさんというお方はこちらにいらっしゃいますでしょうか」

耳障《みみざわ》りな人工音声が鳴り響いた。

「ベイカーさん、お客さんです」

店番をしているミズキの声が聞こえたと同時に、人工音声は近づいてきた。

「ベイカーさん、ベイカーさん」

「ちょっと、勝手に入ってもらっては困ります」

「ベイカーさん！　やあ、こちらにいらっしゃった」

厨房の入り口から中を覗《のぞ》いてきたそれは、一メートルと少しくらいの高さの、緑色の板だった。正方形を二つ、縦に並べた板状の体をしている。スプリングのような両手両足がついており、金属のあいだから人工筋肉が見えていた。

「ドミノか……」

ベイカーはその外見を一目見てつぶやいた。二つ並べられた正方形の下のほうはサイコロの3の目のような模様が刻まれている。

「いかにも、私はエーメール社のドミノ販促キャンペーンのために作られたドミノ七兄弟の三番手、その名もハンク・ザ・3rd《サード》と申します。ベイカーさん、助けてください」

「面倒ごとはごめんだ」

ベイカーはオーブンの火加減を見るべくしゃがみこむ。

「そんなことを言わずに、お願いします」

「黙れ。商売の邪魔だ」

「ベイカーさん。かわいそうですよ。話くらい、聞いてあげましょう」

今しがた、強引に厨房に入ってこようとする玩具を止めていたのを忘れたかのように、ミズキが言った。またこいつ、玩具に同情など必要ないというのに。

人工知能の性能が上がり、初めて人間とコミュニケーションが取れる恐竜型の玩具が発売されたのは、もう四十年も前のことになる。以降、各メーカーはＡＩを搭載した様々な玩具を発売し、その市場は円熟を極めた。

状況が変わったのは今から二十五年ほど前のこと。新しいモデルが発売されるたびに古い玩具は当然のように捨てられ、壊されることになったが、ＡＩの組み込まれた玩具たちはそれに恐怖を感じ、逃げ出し、ひいては自分たちを捨てた人間たちに悪さをしはじめた。警察ですら取り締まり切れない玩具たちに悩んだ政府が目を付けたのが、バッバ・シティだった。当時すでにスラム化が進み、野良玩具どもが横行していたこの街の周囲を高いフェンスで囲み、この中の玩具には手を出さないという施策を打ったのである。当然のことながら、主を失った玩具どもは東西南北に一つずつ設けられたこの街のゲートから日々流入し、逆に良識ある人間たちはこの街から出ていくことになった。

今や凶悪な野良玩具に支配され、異常な自治状態にあるこの街は、〝悪魔のおもちゃ箱〟の異名をとっているのだ。

こんな街にも、人間が住んでいる。その多くは貧困層であり、また、何らかの理由により外の世界にいられなくなった人間たちである。ベイカーもそのうちの一人で、細々とパンを作って暮らしていた。こんな街にもパンを愛する顧客はいて、二日に一度はバンで得意先に配達をするほどだった。

ベイカーはもともと玩具の暮らしになど興味はなかったが、ひょんなことからバッバ・シティ特有の裁判に弁護人として引っ張り出されることになり、事件を解決してきてしまったのだ。その評判は広まり、たまにこうして、玩具どもから事件を持ち込まれるようになってしまった。

それもこれも、このミズキというセーラー服の少女のせいだ。

バッバ・シティ北西の蒸気機関車墓場《ロコモティヴ・セメタリー》で玩具に襲われているところを助けたが……それ以来こうして居つかれてしまっている。哀《あわ》れな玩具を見るとすぐに助けたくなり、すぐに首を突っ込むのだ。

結局今日もミズキに押され、リビングのソファーでドミノ型玩具と向かい合っている自分を、ベイカーは呪《のろ》いたくなった。

「ありがとうございます、ありがとうございます」

ハンク・ザ・３ｒｄは、何度も前傾姿勢を取った。頭を下げているつもりなのだろう。

「いいから、用件を言え」

「はい。私を守っていただきたいのです」

なんだか嫌な予感がした。

「私どもエーメール社ドミノ七兄弟は、お役御免となってバッバ・シティに流れてきてからというもの、【キディ・リンディ】にお世話になってまいりました」

「【キディ・リンディ】だと？」

ベイカーはその言葉に、並々ならぬ気配を感じた。

「それじゃあ、行き場を失ったのか」

バッバ・シティは十六の区《ディストリクト》に分けられており、そのうち十五は、人間に見捨てられて凶暴化した玩具たちの作った玩具団のシマとなっている。玩具団たちは日夜抗争を繰広げているが、先日、バッバ・シティの勢力図に大きな変化があったのだ。

玩具団の一つ、【キディ・リンディ】の首領、リーゴ・キッチャムは、ブロックを使って家や動物などを作り上げるためのロボットで、知育系玩具を取りまとめて指導をしていた。しかし最近、リーゴの人工知能に衰えが見えはじめ、玩具団の指導もままならない状態になってしまった。これに目をつけたのが、この街で一、二を争う凶暴玩具団【ゼペット工房】である。外の世界でも人間を殺《あや》めてきているボスのピノは、手下たちをしたがえてディストリクト・テイリューに乗り込み、リーゴの手下たちを蹴散《けち》らしてリーゴを引っ張り出した。その日のうちにリーゴの体は見るも無残《むざん》に破壊され、廃工場の高い煙突に吊《つ》り下げられたのであった。あわれ【キディ・リンディ】は解散に追い込まれ、ディストリクト・テイリューは【ゼペット工房】の支配下に置かれることとなったのだ。

「それは大変でしたね」

ミズキがいたわると、

「大変なのはその後です」

ハンク・ザ・3rdは両手のスプリングをぶるぶると震わせた。

「三日前のことでした。ディストリクト・ラミティの裏路地で、真っ二つに折れたドミノ型玩具が発見されました。私たちのリーダー、ハンク・ザ・1st《ファースト》です。あの夜襲のあった日以来、私たちドミノ七兄弟は散り散りになっていたのですが、まさかあんな状態で再会することになろうとは……」

ハンク・ザ・3rdの話によれば、ドミノ七兄弟はそれぞれの色と、胴部分（二つあるうちの下のほう）の正方形に刻まれているサイコロの目の数が違うことで区別されているらしい。ハンク・ザ・1stには「1」の目が刻まれ、名前の数字が一つ大きくなるごとに、正方形に刻まれるサイコロの目の数も大きくなる。ハンク・ザ・7th《セヴンス》は、数が刻まれていない状態、すなわち「0」ということだった。

「そして、今朝、つい三十分ほど前のことです」

ハンク・ザ・3rdはいよいよ恐怖に震えながら先を続けた。

「このすぐ近く、ディストリクト・マンプークのおんぼろアーケードの下で、ハンク・

ザ・2nd《セカンド》が……。発見したのは同じく【キディ・リンディ】にいた知恵の輪人形のトッコで、やつの隠れ家の真ん前に倒れていたんです。連絡を受けた私が駆け付けたときにはすでに、ハンク・ザ・2ndは黄色の体のあちこちが汚れ、AIはごっそり取り除かれていました。その惨状を見て私は確信したのです。【ゼペット工房】の連中は、復讐《ふくしゅう》を防ぐために残党狩りを開始したのだと。手始めに選ばれたのが、我々ドミノ型玩具です。数字がきちんと並んでいるので、あとの者を恐怖に陥れることができるからです。彼らは一体ずつ私たちを破壊し、恐怖を与えて楽しんでいるのですよ。つまり」

手袋を嵌《は》めたような手で、自分を指さす。

「次は私ということです。お願いですベイカーさん、保護してください」

「なぜ俺がお前を保護しなければならない？」

「だってベイカーさん、弁護士でしょう？　マンション・モルグの事件じゃ、天使《エンジェル》まで味方につけて被告玩具を守ったそうじゃないですか」

「俺はパン屋だ。弁護士じゃない」

「そんな……」

「仮に弁護士だとしても、玩具を守るのはあくまで裁判の場での話。凶暴な木偶《でく》の坊《ぼう》からお前を守るなんてことはしない」

「じゃあ、私はどうすればいいんですか……」

涙こそ出ないが、その人工的な丸い目は、ベイカーを捉《とら》えている。

「かわいそうだが、帰ってくれ。そろそろパンの焼き色を見なければいけないからな」

ベイカーは立ち上がった。玩具の抗争にいちいち首を突っ込んでいては、いくら命があってもたりない。いくらこのドミノ型玩具が哀願《あいがん》機能を働かせても、ここは無視を決め込むしかない。

厨房へ向かうベイカーの背中に、ハンク・ザ・３ｒｄは泣き言をふっかけてくるだろう……と、思いきや、

「しかたありませんね、情報を出しましょう」

意外と落ち着いた音声がかけられた。ベイカーは振り返った。ハンク・ザ・３ｒｄの目は、ベイカーではなくミズキの顔に向けられていた。

「お嬢さん、少し前にこの街で行方不明になった、シンヤさんという玩具弁護士をお探しですね」

ミズキははっとした。

「私は、シンヤさんとコンタクトをとったことがある人間を知っています」

「何ですって？」

ミズキは立ち上がった。

「どこです？　どこにいるのです？」

「今、私を匿《かくま》ってくださっている方です。一緒に住んでいます」

ハンク・ザ・3rdはあくまで落ち着いて答えた。

「この後、ご案内して差し上げてもいいですよ」

「ベイカーさん」

ミズキは、ハンク・ザ・3rd越しにベイカーの顔を見てきた。縁なしメガネのレンズの向こうの、潤《うる》んだ目。

シンヤ――、それは、ミズキの父親の名前だった。今でこそベイカーの店の手伝いをしている彼女がこの街へやってきた本来の目的は、行方不明になった父親を捜すためなのだ。ベイカーもそれに協力しているが、なかなか情報が得られていない。

「今日は午後一時から配達だ」

ベイカーは言った。やむをえまい。

「それまでの時間なら、付き合ってやってもいい」

2.

ディストリクト・マンプークは、【ゼリー・ロジャー】というキッチン玩具団の支配下にある。ベイカーは少し前まではこの玩具団と近しい関係にあったが、裁判で対立玩具団の玩具を守ってからというもの行き来はなくなっている。

もう何十年も清掃がなされていないであろう、黒ずんだビルの間を行く。キッチン玩具の類《たぐ》いがいないか、つい探してしまうが、人っ子一人、玩具っ子一体いない。こんな不潔なところを歩いていたら、菌が体にまとわりつきそうだ。帰ったらシャワーを浴びなければ。配達するパンに雑菌が入ってはたまらない。

「ここです」

角を曲がったところでハンク・ザ・3rdは立ち止まった。両脇《りょうわき》のビルに挟まれた、茶色の倉庫だった。二階建てのビルが立ち並ぶ中、ひとつだけ三階建てで、他より一階分抜き出ている。出入り口の扉は北側にあたり、日当たりは悪そうだ。

「レモさん！」

赤く錆《さ》びついてしまった扉を、ハンク・ザ・3rdは叩《たた》いた。応答がない。

「レモさん、人はいいんだけど生活が不規則なもんだから。私がここを出たときは起きていたんですが、また寝ちゃったかもしれません。もう、参っちゃいますよ」

愚痴《ぐち》りながらドミノ型玩具が扉を引くと、難なく開いた。

「あれ。中にいるときも普通は用心して閂《かんぬき》を掛けているんですけれどね」

ハンク・ザ・3rdに続き、ベイカーとミズキも入っていく。一階部分は、自動車整備工場のようになっていた。タイヤを失った自動車のボディ部分が二つ並び、壁際の古びたスチール棚には工具や自動車の部品が入ったプラスチックの箱が所狭しと積まれている。かと思えば、西側の壁は、キッチンになっていて、流し台と大きな冷蔵庫のような箱、棚には電子レンジがあった。その脇には、古い洗濯機。電化製品はＡＩの搭載されていない古いタイプのものが好みなのだろう。

「レモさん？」

ハンク・ザ・３ｒｄは扉を入ってすぐの、東側の壁の鉄の階段の下に立つと、上に向かって声をかけた。やはり返事はない。

「この上が居住スペースなんですよ」

ドミノ型玩具について、ベイカーとミズキも上っていく。そしてすぐに、異様な光景が目に飛び込んできた。

階段のすぐ上は、広いスペースだった。というのも、テーブルと椅子《いす》が壁際によせてあるのだ。樹脂素材のパズルのようなジョイントマットが敷かれているが、その中央に、でっぷりした男性が一人、こちらに顔を向けて横向きに倒れていた。六十代前半だろうか。顔じゅう、真っ白な髭《ひげ》だらけだ。顔色が青く、白目をむいている。汚れたシャツは胸もとまではだけ、首に痛々しい絞め跡が確認できた。

「レモさん！」

ハンク・ザ・３ｒｄは人工音声で叫ぶが、一向に部屋に入ろうとしない。

「どうしたんだ。早く入れ」

「……はっ、入れません……」

「えっ？」

ミズキが目を見張った。

「ドミノ、ですか？」

ようやく、ベイカーも気づいた。老人に気を取られていたが、彼を囲むように、部屋中にドミノが蛇のようにぐにゃぐにゃとした曲線を描きながら並べられているのだ。ハンク・ザ・３ｒｄはまるで足が床に糊付《のりづ》けされてしまったかのように動かない。

「私たちは、ドミノの売り上げ促進キャンペーンのために作られた玩具です。ドミノを並べることは不得手ですが、ドミノ倒しにかける愛情は人より深い。誰かが苦労して並べたドミノを倒すなど、死にも等しい愚行です。そういうわけで、たくさん並べられたドミノを認識すると、うっかり倒さないための確実に安全な足場がない限り動けないようにプログラムされているのです」

目をくるくるさせている。なんて面倒くさいプログラムを組み込んだのだ。

「俺が行く」

ベイカーは右足で、ドミノを踏みつけた。左右に、波のように倒れはじめるドミノ。

「あっ。ああ、ああ……」

数十秒のうちにドミノはすべて倒れた。

「これで、心置きなく入れるだろう」

ベイカーは足でドミノを脇に退《ど》けながら、レモに近づいた。彼が事切れているのは明らかだ。

「いったい、誰が……」

ベイカーは部屋の状態を見回した。上ってきた階段から見て奥、すなわち西側の壁に、扉が二つついている。

「あの扉は？」

「右側のはレモさんの寝室。左側のは裏口、というか、裏口に使っている窓のある部屋です」

ベイカーはまず、寝室のドアを開けた。暗かったので壁のスイッチを入れると電気がついた。窓はなく、ウサギ小屋のような狭さの部屋の半分以上をベッドが占めている。身を伏せてベッドの下を覗いたが、何枚かのジョイントマットが重ねられているだけだった。部屋に敷いてあるものの余りだろう。他に人や玩具が隠れられそうなところはない。部屋を出て、左側の扉を開ける。寝室と同じくらいのスペースで、荷物の類いは何もなく、床に、死んだ蛇のように一本の紐が落ちていた。正面の壁にある窓が全開になっている。西隣のビルの壁が二メートルほどの距離にあった。

窓に近づき、下を見る。右側、つまり北方向が細い路地になっていた。窓の下にはビルに据え付けられた細い足場が南の方向へと延び、三メートルほどで南隣の建物に突き当たっている。突き当たりの壁には鉄棒を曲げて作った足場が南隣の屋上に向かうように取り付けられていた。犯人は、そちらに逃げたのかもしれない。

「ベイカーさん」

背後にミズキが立っていた。

「今、十一時三十分です。部屋の時計で確認しました」

「どういうことだ」

「死体発見の時間ですよ。通報しないと」

縁なしメガネの向こうの目は、冷静だった。

3.

「まさか、あなた方が第一発見者とは」

金色の髪の毛をふわふわなびかせながら、彼女は言った。背中に羽のついた白いワンピース。ミズキより背が低く、頭上にはビーカウント・レーザーによる黄緑色の輪が浮いている。水色のカラーコンタクトを嵌めた目で人を食ったようにベイカーを眺《なが》めてくる。

権天使《プリンシパリティー》、ジュジュエルだ。

バッバ・シティは、打ち捨てられた玩具が徒党を組んで闊歩《かっぽ》するようになってからというもの、外の警察の捜査がなおざりになっている。というよりも、玩具同士の抗争は人間にとっては玩具の壊し合いでしかないので勝手にやれということにして手を引いたのだ。ただし、そんなバッバ・シティでも、人間のほうが法律上の立場は上なのである。もし、玩具が人間に危害を加えるようなことがあれば、その玩具は裁判にかけられ、しかるべき罰を受けなければならない。そのための警察と検察を兼ね備えたような組織が、〝天使〟である。

せっかく外の世界の煩わしさから逃げてきたというのに、天使に関わるのなどごめんだ。ベイカーはそう思っていたのだが、玩具の事件に引っ張り出されるようになってからいやがうえにも天使と顔を合わせる機会が多くなってしまった。

そして、ベイカーの関わる事件の担当になるのはなぜかいつも、このジュジュエルという名の意地悪な天使なのだった。

現場となった部屋には、ジュジュエルの他、《セラフィムの瞳《ひとみ》》という、天使組織の科学班である男性天使たちが三人入り、作業をしている。遺体は、運ばれていったあとだった。

被害者のレモは、かつて、バッバ・シティの南西に位置するウォーク・ヴォーにて修理工をしていたが、多大な借金を抱《かか》えて家を失い、家族にも見捨てられたためにこの街に流れてきたという。最近では調子の悪くなった玩具の修理などをして、なにかしらの収入を得ていたようだ。

死因は首を紐状のもので絞められたことによる窒息死。恐らくは奥の部屋に落ちていた紐だろう。死亡推定時刻は、二時間前から三時間前、すなわち、十時から十一時のあいだ。ちょうどハンク・ザ・３ｒｄがベイカーの店に現れた頃のようだった。

「もう一度確認しますが」

ジュジュエルは、ハンク・ザ・３ｒｄの顔に向けて人差し指を突き立てた。

「あなたは、レモさんにこの倉庫にかくまってもらって一週間が経《た》つのですね」

「はい」

「今朝、かつてのお仲間である知恵の輪人形のトッコがここへやってきた。ハンク・ザ・２ｎｄがＡＩを抜かれボロボロになって、この先のアーケードの下に捨てられていると聞いたあなたは、トッコについてこの倉庫を出ていったのですね？」

「そうです」

「そのとき、レモさんはまだ生きていたのですね」

「はい。気をつけてと後ろから声をかけてくれました」

悲愴《ひそう》プログラムの作動により、ハンク・ザ・３ｒｄは人工音声を詰まらせた。

「何時くらいのことですか？」

「十時半ぐらいだったでしょうか。……そうだ。トッコに内蔵されているカメラは自動記録ができるはずです。確認してみてください」

「頼もしいですね」

ジュジュエルは口角を上げた。

「続けます。ハンク・ザ・2ndを確認したあと、あなたはここへは戻らなかった？」

ハンク・ザ・3rdはうなずいた。

「まず1stがやられ、今度は2ndがやられたんです。次に倒されようとしているのが自分であるなんて、ドミノなら瞬時に悟ります。トッコを置いて、すぐさまベイカーさんのお店へ走りました。優秀な弁護士さんだという噂《うわさ》は聞いていたもので、この恐怖のドミノ倒しのストッパーになってくれると思って」

「ずいぶん有名人になったものですね」

ベイカーのほうを横目で見ながら、皮肉たっぷりにジュジュエルは言った。

「しかし、この現場、おかしいことばかりです」

現場を、ジュジュエルは振り返った。レモの遺体は運ばれていったあとだが、色とりどりのドミノがそこらに散らばっている。数千個はあるだろう。

「ハンク・ザ・3rdさん。あなたがトッコと共にここを発《た》ったとき、ここにドミノは並べられていなかったのですよね？」

「はい。並べられていなかったどころか、こんなドミノ、ここにはありませんでした……」

「でも、ベイカーさんたちとやってきたときには、レモさんの周りにはこれだけのドミノがきちんと並べられていた。なんで犯人はわざわざドミノなんか持ち込み、レモさんを殺した後、きちんと並べて立ち去ったのか」

ベイカーも気になっていたことだった。人を殺した者は、人間であれ玩具であれ、早く現場から立ち去りたいはずだ。

「あの」

小さな声がした。右の頬《ほお》をつねりながら、ずっと話を聞いていたミズキだった。

「何ですか？」

棘《とげ》のある声でジュジュエルが問う。

「これは、あくまで参考意見なのですけれど」

「早く言ってください」

「犯人もしくは犯行玩具は、第一発見者が、ハンク・ザ・３ｒｄさんになるであろうことは予測がついた。そのハンク・ザ・３ｒｄさんに、現場に入ってもらいたくなかったのではないでしょうか」

「はあ?　意味がわかりませんけど」

ジュジュエルが、その整った顔を歪《ゆが》める。

「ドミノ玩具であるハンク・ザ・3rdさんのAIには、並べられたドミノを倒してはいけないという強い制御プログラムが組み込まれています。ドミノが並んでいる場が視界に入ると、絶対に倒さない足場を認証するまでは動けないんです。そうですね?」

ミズキの質問に、ハンク・ザ・3rdは体を前傾させた。

「実際には、まったく気にしないベイカーさんがドミノを踏んで倒してしまったので、犯人の計画どおりにはいかなかったのかもしれません」

ジュジュエルはふん、と笑った。

「ドミノとともに犯罪計画も崩れた、というわけですか。いずれにせよ、参考にだけ、させていただきます。……それにしても、これだけのドミノ、並べるのだって大変でしょうに」

とそのとき、電子音が鳴り響いた。ジュジュエルの頭上の輪が明滅している。ジュジュエルが「イエス、エンジェル」と応答すると、輪は回転して縦方向に広がり、空中に別の天使が映し出された。ジュジュエルよりも童顔の天使だった。

〈ジュジュエルさん、こちらメイエルです。知恵の輪人形のトッコを発見しました。現場へ連れていきますか?〉

「いいえ、私から出向くわ。場所を教えて」

天使の仕事は、今日も忙しそうだ。

4.

あとでまた聞き込みをさせてもらうと言われ、ベイカーとミズキは解放された。ハンク・ザ・3rdは重要参考玩具として天使のもとで保護されることになったので、当面のところ、身柄は安全なようだ。

午後は予定通り配達に出かけ、店に戻ってきたのは午後四時を過ぎた頃だった。久しぶりに十軒以上回ったために、どっと疲れた気がして、ソファーに沈み込む。ミズキもだいぶ疲れているようだった。

「何か、甘いものでも食いたいな」

「昨日のアップルパイがあります」

ミズキが厨房へと歩いていく。ベイカーも立ち上がるが、

「大丈夫です、私がやりますから」

ミズキはベイカーをソファーに座らせた。

ベイカーは彼女の背中を見送る。……せっかく、自分の父親の情報を知るかもしれない

人間の情報を得たかと思ったら、その人間が死体となって現れてしまった。依然、彼女の父親の安否はわからないままなのだ。そのショックを隠そうとしてか、今日の配達中はいつもより張り切っていたが……。

「あぁっ」

厨房のほうから小さな悲鳴のような声が聞こえた。

「どうした」

厨房へ行くと、ミズキは冷蔵庫の前で、アルミホイルに包まれたアップルパイを両手で持ち、嘆きの表情を見せていた。

「凍《こお》っちゃってます」

「冷凍庫に入れたのか」

「ちゃんと冷蔵庫に入れましたよ。だけど、冷やす強度がものすごいことになっていたみたいで……」

冷蔵庫の中を覗くと、温度計が0度近くをさしていた。だいぶ古くなっているので、設定温度よりも冷えてしまったのかもしれない。

「どうしましょう」

「大したことはない。ほうっておけば解凍されるだろう」

設定温度のつまみを調節し、ベイカーはミズキの手からアップルパイを取った。

突然、ブルーベリーの鐘が鳴った。客かと思った直後、何かが壊される暴力的な音がした。慌てて厨房を飛び出す。

瞬間、額に固い物が当たり、激痛と共にベイカーは廊下に尻餅《しりもち》をついた。激痛に額をさすりながら、視線を上げる。

大男がホッケーのスティックのようなものを振り上げているところだった。

とっさに身を避けた。振り下ろされたスティックが床に叩きつけられ、木片が散った。遅れて、恐怖が体を駆け抜けた。

「なんだ、お前は?」

後退《あとずさ》りをしつつ、ベイカーは相手の全容を観察する。長身で、タンクトップを着ている。筋骨隆々であるが、人間でないことはひと目で分かった。顔と腕に木目が確認できたからだ。

「きゃたたた、きゃたたたた!」

彼の後ろで、小太鼓を叩くような人工音声が響いていた。身長一メートルくらいの、木製人形。ボール型の顔の頭頂部に、髪の毛のようにちょろりと三つ編みの毛糸が生《は》え、細い目があざ笑うようにベイカーを捉えている。

「あんたたろ、トミノ野郎にととのかたれて、たたちらに因縁《いんねん》をつけようってのはた!」

舌まで木でできているので、ところどころ聞き取りにくい。

「知らない、誰だお前らは」

「ちらばっくれんな！」

丸顔の木の人形は、細い足をかたたた、かたたたと動かし、ベイカーのほうへ近づいてきた。ベイカーは逃げるように後退りをし、ついにリビングまで入り込まれてしまった。

「たたちは泣く子もたまる【ゼペット工房】、切り込み隊長のリンダってんた！　こいつは、用心棒のジミニー・クロッケー」

暴力的な勢いで、壁にスティックをぶち当てていく用心棒。白い壁紙がへこみ、黒ずんでしまう。

「俺たちはお前たちに因縁をつけられる覚えはない」

「きゃーたたた！」

リンダと名乗ったその人形は細い足で襲ってきたが、ベイカーはすんでのところで避けた。

「たっき、うちのシマに天使がきたのた。たたちらがトミノ玩具ともを順番通りに壊して回っているって。そればかりか、三番目のトミノの隠れ家に押し込んで、人間を一人殺したろうって。聞いたら、あんたがそう吹聴《ふいちょう》しているらちいぢゃないのた」

どこをどういうふうに情報が間違ったのか。

「たたちらは、【キディ・リンディ】の残党狩りなんてケチくたいことは、ちない。もうろくリーゴをぶっ壊ちたら、それでおちまい！」

「俺はお前らの言うようなことはしていない」

「エクスキューズ無用！　ジミニー、やっちまいな！　きゃーたたたっ！」

長身の木人形は、時代遅れの大砲のような雄叫《おたけ》びを上げると、スティックを振り上げ、あたりかまわず叩きつけた。金属製のパンの棚は、飴細工《あめざいく》のようにひしゃげてしまった。

「やめろ！」

ベイカーはその巨大な木の人形にしがみつくが、まるで子どものように投げ飛ばされてしまう。

「きゃっ！」

いつのまにか厨房から出てきたミズキの足元に投げ出されたようだった。

「大丈夫ですかっ」

「ああ……、厨房に、逃げていろ」

きゃーたたっ、きゃーたたっ！　リンダが狂喜のタップダンスを舞っている。

「無様《ぶざま》ったた。ちょせんこの街では、生命活動による善意より、プログラムされた悪意が生き残るったた。ジミニー、たたきのめちたった、とってちってたっ！」

再び振り上げられる暴虐のスティック。このままでは店はがれきの山になってしまう……とそのとき、ジミニー・クロッケーの動きが止まった。

黄緑色の光を放つ紐《ひも》のようなものが、その木の腕に絡みついているのだった。

「そこまでにしておきなさい」

ベイカーたちの背後からリビングに入ってきたのは、ジュジュエルだった。リンダが踊りをやめ、その顔を睨《にら》みつける。

「これ以上やったら、現行犯で逮捕しますよ」

「へっ、たんたにそんなこと、できるもんか」

「あら、逮捕じゃなくてもいいのね」

ジュジュエルはニヤリと笑うと、懐《ふところ》に手を入れた。右手に赤いスプレー缶、左には青いスプレー缶。彼女は赤いほうを前に出した。

「こっちは強力な液体着火剤。今すぐこれを吹きかけて火をつけてやってもいいけれど」

「なんたと?」

「それとも瞬間冷凍スプレーがいい?」

今度は青いスプレーをリンダの鼻先に近づける。

「温度差でその顔にひびが入るかもね」

「くうっ……」

「あんたがたなんて、人間に見捨てられてこの街に流れてきたゴミなの。灰になろうと氷になろうと、誰も知ったことではないのよ」

ジュジュエルは、玩具たちに個人的な恨みでもあるのではないかと思われるほど、高圧的なのだ。

「それに、【ゼペット工房】の疑いは、晴れたわ」

「なんだと？」

今度は、ベイカーがそう言う番だった。

「レモさんを殺した容疑玩具の身柄を、先ほど、確保しました」

ジュジュエルは天使のほほえみに戻り、そう言った。

5.

【ゼペット工房】の手下たちを追い返したジュジュエルは、そのまま偉そうに奥の部屋に進むとソファーに腰掛けた。ミズキが持ってきた半解凍のアップルパイにかぶりつきながら、黄緑色の輪から放った立体映像《ホログラム》を空中に映し出す。現場の、レモの部屋だった。《セラフィムの瞳》の三人が、一生懸命、現場にドミノを並べている映像が、もう五分も流し続けられている。

「これを見せて、どうしようというんだ？」

しびれを切らして訊《たず》ねると、ジュジュエルはアップルパイを皿に置いて、白いハンカチで口と手を拭《ふ》くと、とぼけた顔をかしげてみせた。

「わかりませんか」

「わからない」

「ミズキさんは?」

「……さあ」

ミズキがわからなかったのが満足なのか、ジュジュエルはにっこり笑いながら指を二本立てた。

「二時間かかりました」

「何がだ?」

「本当にカンが鈍《にぶ》いですね、ベイカーさんは。現場に敷き詰められたジョイントマット。レモさんの体の下敷きになっていたものを除けば二十枚です。その二十枚分の広さの上に、まっさらな状態から、遺体発見当時と同じように現場の部屋にドミノを並べるのに、三人で二時間かかったんです。それを踏まえて、次の映像をご覧ください。知恵の輪人形のトッコが提供したもので、事件の日、ハンク・ザ・2ndが倒れているのをレモさんの倉庫へ報告しにいった模様です」

光学ビジョンの中には、新たな映像が映された。レモの倉庫の扉だった。

〈レモさん! ハンク・ザ・3rd!〉

聞いたことのない人工音声の主がトッコなのだろう。この映像はトッコの目線のようだ。扉が開かれ、白髭の老人が顔を覗かせた。

〈おお、トッコ〉

〈レモさん、大変です。３ｒｄを〉

〈とにかく入りなさい〉

トッコはレモに連れられて倉庫の中の階段を上り、映像は居住スペースへ。ドミノの並べられていないその部屋で、トッコはハンク・ザ・３ｒｄに事件の報告をした。——ここで映像はストップされた。

「これが十時三十九分。トッコに内蔵されているカメラに記録されていた正確な時刻です。そしてこの後、ハンク・ザ・２ｎｄが壊されているのを確認したハンク・ザ・３ｒｄがベイカーさんのもとへ訪れたのが十一時、ベイカーさんたちが死体を発見したのが十一時三十分。間違いないですね?」

「そうだが……あっ」

ベイカーは声をあげた。ミズキも気づいたようだった。

「十時三十九分にはレモさんも生きていたし、現場にドミノは並べられていなかった。つまり、この時点から十一時三十分までのわずか五十分のあいだに、侵入した犯人はレモさんを殺害し、部屋中にドミノを並べていったということになります」

しかし、《セラフィムの瞳》の検証では、ドミノを並べるのに二時間かかったという。

これは……、

「不可能犯罪じゃないか」

するとジュジュエルは首をすくめるようなしぐさをした。

「人間ならね」

「どういう意味だ？」

「考えてもみてください。人間たちが遊戯《ゆうぎ》にかけてきたくだらない情熱を。遊びのためだけの玩具に、必要ないほどの知能と技術を注《つ》ぎ込むのが人間です」

「講釈はいい」

「ハンク・ザ・３ｒｄを含むドミノ七兄弟は、ドミノ販売促進キャンペーンのためのマスコット的存在ですからドミノを並べるのはそんなに得意ではない。まあ、あんな動きづらそうな板状の体ではドミノは並べにくいでしょうからね。しかし、彼らとは別に、ドミノを効率よく並べるためだけの玩具がいたんですよ」

そしてジュジュエルは、新たな映像を映し出した。現れたのは、金属製のボディを持つ、コブラのような見た目の玩具だった。その目の前にはドミノがたくさん入った木の箱がある。

「トロングという名のドミノ並べ専用玩具です。ドミノ七兄弟と同じくエーメール社製で、バッパ・シティに流れてきたあとは【キディ・リンディ】に所属していましたが、半年前に退団し、ディストリクト・ローレルの旧小麦粉工場の中でひっそりと暮らしていました」

ジュジュエルは映像を再生させた。トロングに聞き込みをしたものを、ジュジュエルの視点で撮影したものだった。

〈ではお願いします〉

〈あいよ〉

コブラの見た目には似つかわしくないおっとりした音声で応じると、トロングは舌を伸ばし、鳥の卵でも食べるかのように木箱の中のドミノをどんどん呑み込んでいった。あらかた取り込んでしまうと、げほ、と一度げっぷのような音を出し、三メートルほどのぐにゃぐにゃした胴の左半分をぱかりと開いた。中に見えるのは、胴に沿って曲がった金属製の機械だ。小さな仕切りが無数にあり、一つ一つの部屋にドミノが入っているのが見える。まるで骨をそのまま体から出すように、金属製の機械はゆっくりと胴から出てきて、床に達した。かちゃりと音がすると、機械はゆっくりと床から離れる。そこには見事にドミノが並べられていた。

〈すばらしい〉

映像の中でジュジュエルが言い、一枚の紙をトロングに差し出した。現場にドミノが並べられた状態の絵だった。

〈このように並べられますか？〉

〈そうね。五分もあれば楽勝だね〉

〈ドミノと壁のあいだに、あなたの体が入れそうなスペースはありませんが〉

〈ここにテーブルと椅子って書いてある。この上に乗れば、だいじょうぶさ〉

〈なるほど〉

ジュジュエルの満足げな声。

〈では、あなたを逮捕します〉

〈えっ？〉

ジュジュエルはレモ殺害事件のことを簡単に話すと、茫然《ぼうぜん》としているトロングの両手両足を天使の輪でしばった。映像はそこまでだった。

「ずいぶん、乱暴な逮捕だな」

「乱暴とはなんですか。シンプルにして明快です」

トッコと共にハンク・ザ・３ｒｄが出ていったのを、どこか物陰《ものかげ》で見ていたトロングは、その後倉庫に入っていき、レモを殺害し、ドミノを並べて去っていった。……たしかにシンプルだが、明快かどうかには疑問がある。

「動機は何だ」

「トロングは【ゼペット工房】とつながっているのではないか……、ハンク・ザ・3rdはそう言っていました。トロングが去ってたった半年後に【キディ・リンディ】は壊滅させられたのです。タイミングが良すぎます。トロングは長い玩具団生活の中で【キディ・リンディ】に不満を持ち、その所属玩具に深い恨みを持つようになっていったのかもしれません。当然、ハンク・ザ・3rdをかくまっていたレモにもよからぬ感情を抱いていたのでしょう」

「なぜハンク・ザ・3rdを直接狙《ねら》わない?」

「知りませんよ。これから尋問すればいいんです。今のところは事件との関与を否定しています。今後は玩具団には関わらず、まっとうに電力を消費したいだなんてね」

「そう言っているのだったら……」

「玩具だって嘘《うそ》をつくんですよ。そもそも、動機なんてどうでもいいんです。わずか五十分のあいだにあのスペースにあれだけのドミノを、きちんと倒れるように正確に並べることなんて、ドミノ並べ専用玩具以外にできますか。できるわけ、ありませーん」

ジュジュエルはふざけた口調で締めくくると、アップルパイの最後のひとかけらを口に放り込んで立ち上がった。

「凍ったアップルパイも乙《おつ》なものです。お騒がせしました」

「あの……」

ミズキはその背中に語りかけた。足を止め、振り返るジュジュエル。

「何です？」

「ハンク・ザ・3rdさんは今どこに？」

「今夜は私たちの保護下に。まあ一度身の回りの物を取りたいというので帰しましたが、その後《天使の花園《エンジェルズ・オフィス》》に現れました。トロングが捕まって、嬉《うれ》しそうでしたよ」

「嬉しそうだった？　かつての仲間が自分を狙っていたというのにですか？」

「もうあなたの話は聞きません、ごきげんよう」

ジュジュエルは背中を向け、羽を満足げに動かしながら去っていった。


「ベイカーさん」

その夜、夕食のサンドイッチとミートパイを食べながら、ミズキはベイカーに言った。

「あの冷蔵庫、本当に冷凍庫のようになってしまいました。中にある食材が、霜というか氷というか、とにかく内側の壁にくっついて取り出せなくなっています。修理に出しましょうか」

事件のことを言うかと思ったので拍子《ひょうし》抜《ぬ》けしてしまった。

「その前に、俺が見てみよう」

「ベイカーさん、冷蔵庫も修理できるんですか、すごいですね」

本当は、トースターの修理が関の山だが、ベイカーは黙ってうなずいた。

「ところでレモさんの事件のことですが、トロングさんが犯行玩具だとは私、どうしても思えないんです」

油断していたら、ミズキはやはりこの話題を引っ張り出してきた。その内容も、ベイカーの予想通りときている。

「なぜだ」

「だって、もしトロングさんが殺したのなら、わざわざドミノを並べていくでしょうか。自分がやったとアピールするようなものです」

「ハンク・ザ・３ｒｄを足止めしたかったという可能性もあるんだろう？　お前自身が言ったことだ」

「だとしても、ジュジュエルさんが現場の絵を見せたとき、『五分もあれば楽勝』だなんて、正直に言うでしょうか？」

「正直なＡＩを搭載しているのかもしれない」

「『玩具だって嘘をつく』と言ったのはジュジュエルさんです」

父親譲りなのか、ミズキはこういう弁護士くさい言い回しをたまにするのだ。

「トロングさんが怪しいのは、レモさんが一人でいた時間が五十分という短い時間だったためです。もし数時間だったら、ドミノを並べるのは不可能ではないので、容疑者の範囲がぐっと広がったはずです」

「ああ」

「五十分という時間を作り上げたのは誰ですか？」

ベイカーとミズキを現場に案内したハンク・ザ・３ｒｄに他ならない。

「あのドミノ型玩具が怪しいというのか」

「確実には言えませんが……とにかくまだ、調べてみたい気がします」

ミズキはミートパイにフォークを突き立てる。

「冤罪《えんざい》は、許せません」

その顔にはまた、あの弁護士らしい光が宿っていた。

6.

次の日、ベイカーはミズキとともに、知恵の輪人形のトッコがかくまわれているアジトにやってきた。現場の倉庫からは歩いて一分ほど。壊れたアーケードの下の道に面した半地下の、じめじめした部屋で、あちこちにコンクリートの塊《かたまり》が落ちている。道路工事などで使われるアスファルトを合成する玩具が住んでいるらしい。バッバ・シティでもあちこちの工事現場に出向くことがあるので、昼間はほとんど留守にしているようだ。トッコはかねてからその玩具と知り合いであり、【キディ・リンディ】が解散になってからというもの、昼間の留守番をするということでここに住まわせてもらっているのだそうだ。

「ええ、私はたしかに、その窓の外にハンク・ザ・２ｎｄが倒れているのを見つけました」

突然変異のクラゲとイソギンチャクが絡まり合ったような複雑な形の知恵の輪をかちゃかちゃと弄《いじ》りながら、トッコは答えた。外見は二十歳の女性といった感じだ。ただし、服から見える両腕は、人工皮膚が削《そ》げ落ちており、錆びついた金属が見えてしまっている。

「時刻は十時三十五分、その、明かり取りの窓からです」

半地下なので、目の高さに石造りの裏路地が見える。この玩具の目に搭載されているカメラは、記録の機能もついていることをベイカーは思い出していた。

「ここからはすぐ外が見えますが」

ミズキが窓の外を見やりながら言った。

「その時刻まで、ハンク・ザ・２ｎｄさんが倒れているのに気づかなかったというのはなぜでしょうか」

「知恵の輪に夢中になっていたからです」

トッコは当たり前のように答えた。

「しかし、朝から一度も外を見なかったわけではありません。私はいつも、九時ちょうどにスリープモードから起動するようにセットされています。それから何度か外を見たはずです。映像は天使さんに提出してしまったので、正確にはわかりかねます」

「十時三十五分に外を見たときに初めて、ハンク・ザ・２ｎｄさんが倒れているのを見た。ということは、犯人はその直前ごろに、そこにハンク・ザ・２ｎｄさんを置いていったということですね」

ミズキは頬をつねりながら少し考えた。ベイカーは先を進めることにした。

「その後のことを、少し教えてほしい」

「ええ。私は、数日前に１ｓｔが破壊されたということも知っていましたので、とにかく３ｒｄに知らせなければと、ここを出て、レモさんの倉庫に向かったのです」

そこからは、昨日ジュジュエルに見せてもらった映像とまるまる一致する証言が続いた。

「あなたはハンク・ザ・３ｒｄさんとともに、倉庫からそこの道を戻ってきたのですね」

「はい……あ、いや」

知恵の輪を弄る手を止め、髪の毛をさわるトッコ。やけに人間臭いしぐさだ。

「３ｒｄは少し取り乱していました。それで、用意をしてから行くから、先に行って待っていてくれと」

「えっ？」

ベイカーも違和感を覚える。ハンク・ザ・３ｒｄの証言と食い違う。

「私は言われたとおりに、ハンク・ザ・２ｎｄのところへ戻りました」

「ハンク・ザ・３ｒｄさんがやってきたのはいつです？」

「十時四十五分のことです。見ていられないうろたえようだったので、誰か信用できる相手に保護してもらうのはどうか、と私は提案しました」

そういえば、以前裁判で話題になった弁護士がこの近くでパン屋を営んでいると聞いている。ハンク・ザ・３ｒｄはそう言って、トッコと別れてベイカーの店へ向かったというわけだった。ミズキはこの証言を聞いた後、頰をつねるようなしぐさのまま少し考えていたが、

「ハンク・ザ・３ｒｄさんとトロングさんの関係について、何か変わったことは知りませんか？」

と質問をした。

「変わったこと、と言いますと？」

「仲が悪かった、とか」

「はあ、そういえばハンク・ザ・３ｒｄが【キディ・リンディ】を退団したトロングのこ

とを『あの腰抜けめ！』と罵《ののし》っていたのを聞きました。実は私もトロングに次いで抜けようと思っていたのですが、そのあまりの剣幕に、抜けられなくなってしまったのです」

意外な証言だった。

「そもそもハンク・ザ・３ｒｄはああ見えて少しプログラムが荒いところがありまして、他の玩具ともめることが多いんです。そのうえ、野心のプログラムも組み込まれているようで、ボスのあとは俺が、というようなことをよく言っていたような」

「【ゼペット工房】に玩具団が潰《つぶ》されたことを、悔《くや》しがっていたのか」

ベイカーは口を挟んだ。

「ええ、そう見えました。つい先日も、新しい玩具団を作りたい、その拠点は今住んでいる倉庫にすると言っていました。私はあいまいにうなずいていたんですが、ハンク・ザ・１ｓｔがやられてからはそんなこと、忘れたように黙っていましたね」

「新しい玩具団の結成はあきらめたのか」

「さあ……」と、トッコは目を伏せた。

「いずれにせよ、私はもう、玩具団はこりごりなのです。これからは、こうして人目につかないところで、新しい知恵の輪のデザインを考えながら過ごすことにします」

右のアームにぶら下げた知恵の輪をぐるりと一回転させると、トッコは再び、かちゃかちゃとやりはじめた。

7.

「おい、まだ、ハンク・ザ・3rdを疑っているのか？」

しゃがみ込んでアスファルトを観察しているミズキにベイカーは声をかける。アーケードの下の、ハンク・ザ・2ndが倒れていたという場所を観察しているのだった。

「十時三十九分にレモの倉庫に行ったとき、トッコは生きているレモと言葉を交《か》わしている。昨日映像で見ただろう」

ミズキは顔を上げた。

「ですがそのあと、ハンク・ザ・3rdさんはトッコさんをハンク・ザ・2ndさんが倒れている現場、つまりここに向かわせ、自分は後から遅れてやってきました」

「ものの六分だろう。倉庫からここに来るまで一分かかるとしたら、ハンク・ザ・3rdには五分の時間しかなかったことになる。五分でレモを殺し、ドミノを並べるのは不可能だ」

「気になりませんか？　なぜハンク・ザ・3rdさんは昨日、その五分間のことを正確に証言しなかったのか」

そういえば昨日、「トッコについてこの倉庫を出ていったのですね？」というジュジュエルの質問に、３ｒｄは単純に「そうです」と答えたにすぎなかった。

「きっと、トリックを使ったんだと思います」

トリック……？　ベイカーは今までミズキとともに関わってきた事件のことを思い出していた。〝悪魔のおもちゃ箱〟の二つ名を持つこの街では、玩具がらみのトリックがしばしば殺人事件に使われる。そして、こういうトリックに関しては彼女はとても鋭いものを持っているのだ。しかし、わずか五分であれだけのドミノを並べるトリックなんて存在するのだろうか。ベイカーが黙っていると、ミズキはふっと空を指さした。

「あれなんですけれど」

ミズキの指さす先を見上げる。二階建ての建物の屋上のあいだに、ところどころが破けたプラスチック製のアーケード屋根がかけられているのだ。

「なんとかして、上れないですかね？」

また何を考えているのか。しかし、この小娘の考えに乗るのが悪くない結果をもたらすことも経験済みだ。ベイカーはすぐに、近くの扉を叩いた。

出てきたのは、筋肉の浮き出た、スキンヘッドの人間だった。目つきは凶暴、頭にはサソリのタトゥーが入っており、外の世界で何か問題を起こしてこの街へ流れ込んできた類いの人間であるのは一目でわかった。

「悪いが、中へ入らせてくれないか」

「なんでだ?」

ベイカーとミズキの顔を交互に見て、ニヤニヤしている。

「屋上に出て調査をしたい。昨日、この近くの倉庫で起きた殺人事件だ」

スキンヘッドは、汚い歯並びを見せて笑いはじめた。

「なんでそんなのに協力しなきゃならねえんだ。面倒はごめんだ。頭をケチャップライスにされるまえに、とっとと失《う》せな」

ポケットから鋭利なフォークを出す。これはまずい、とミズキを守ろうとしたそのときだった。

「おいっ!」

がちゃがちゃと陶器どうしが擦れ合うような音と共に、人工音声が聞こえた。振り返ると、やけにずんぐりした体形の、紫色の玩具が立っていた。腹の部分は汚れたガラス張りになっており、中には食器が並べられている。動くたび、怒鳴《どな》るたびに、その食器ががちゃがちゃと鳴るのだ。

「ドイジーさん」

ミズキが目を見張った。【ゼリー・ロジャー】に所属するドイジーという食洗器だ。

「てめえ、この二人に何しようっていうんだ?」

ドイジーはスキンヘッドにすごんだ。

「えっへえ……、ドイジーさんのお知り合いでしたか」

スキンヘッドはたじろいでいる。

「ああ。よく知っているし、ボスが世話になっている」

「えっへえ……、メレンゲさんが」

「ドイジーさん。私、今調査中の事件で、この建物の屋上を見たいのですけれど」

「中に入れてくれるな?」

ドイジーはまた一歩、スキンヘッドに近づく。スキンヘッドの手から、音を立ててフォークが床に落ちた。

「そりゃもう、汚いところで悪いですが、どうぞ、どうぞ、中へ」

人間が食洗器を相手にへこへこしなければならない街……助けてもらったにもかかわらず、ベイカーはため息をつきそうになった。

「ドイジーさん、ありがとうございました」

屋上に上ると、ミズキは改めてドイジーに礼を言った。

「いいってことよ。それよりあんた方、元気だったか? ディストリクト・マンプークに足を踏み入れるなら、挨拶《あいさつ》に来てくれたっていいじゃねえか。キャプテンも会いたがっているぜ」

ベイカーは、驚いた。

「会いたがっているだと?」

「あんたまさか、例の裁判のことを引きずってるんじゃねえだろうな。そりゃ、あの一件じゃ敵の弁護をしていたが、裁判が終わりゃ、関係ねえじゃねえか。むしろ、またうちの玩具が事件に巻き込まれたときにゃ、世話になりたいもんだとキャプテンは言っている」

「そうか……」

玩具の抗争に巻き込まれるのはごめんだが、とにかくキャプテン・メレンゲが怒っていないのは安心だった。

「ところでベイカーさん、あんたが調査しているっていうのは、レモの事件か?」

「ああ、そうだ」

ベイカーは、そばにあったコンクリートの壁にもたれた。コンクリート造りの、立方体の小屋のようだ。何の意図でここにあるのかわからないが、どうでもいい。

「最近レモのところに転がり込んだ、ハンク・ザ・3rdってやつ、ちょっと危険だという情報があってな」

「危険?」

「解散に追い込まれた仲間を集めようって企《たくら》んでいるらしくてな。俺らのシマじゃもちろんそんなことはさせねえが、一応見張ってろと言われているのさ」

やはりハンク・ザ・3rdには裏があるのかもしれない。

ふと見ると、ミズキは屋上の縁のところに四《よ》つん這《ば》いになり、アーケードの屋根を観察していた。黙っていれば、薄汚れたアーケードの屋根の上に進んでいきかねないように見えた。

「ミズキ、危ないぞ」

「そこのプラスチックの屋根が破れているところ。真下が、２ｎｄさんが倒れていたところじゃないでしょうか？」

「ん？　ああ、そうか」

意図が分からず、気のない返事になってしまう。ミズキは気にする様子もなく、こちらへ戻ってきたかと思うと、ベイカーのもたれているコンクリートの壁を叩いた。

「ドイジーさん、これは何ですか？　部屋に見えますけど」

「よくはわからねえ。バッバ・シティが人間に見捨てられたときからあったはずだ」

「そのわりに、綺麗《きれい》ですね」

たしかに、このあたりにある同様の建物に比べ、ひびもないし、カビも生えていない。

「名前は忘れたがな、半年前に外の世界で不始末を犯して流れてきた人間のガキが、ここへ住もうと決めたらしい。そいつは綺麗好きでな。どこからかコンクリートを運んできて壁を塗り固めたんだ。それだけに飽き足らず、外観をさらに自分好みにしようと、どこかからレンガを調達した。だが、いざその作業を始めようってときになって、かつての仲間に居場所を突き止められてリンチに遭ってな、半死半生のまま引きずられていったらしいぜ」

不憫《ふびん》な話だ。バッバ・シティが居場所を失った玩具と人間の流れ着く街であることは世間の常識だが、人間の場合、自由が約束されているとは限らない。

「レンガはどうしたんです?」

ミズキは、まったく違うことを考えていたようだった。

「誰かが持ち去らない限り、ここに置きっぱなしになっているはずなのでは?」

「そんなの、知らねえよ」

ドイジーはすげなく答える。ミズキは頬をつねるしぐさをしながら、コンクリートの小屋の入り口のほうへ回りこんでいった。

「あっ!」

ベイカーはドイジーとともにミズキの声のしたほうへ行ってみる。レンガの屑《くず》のようなものが散らばっていた。

「よく見てください、ここ」

レンガの屑の一部に、黄色い塗料のようなものがついていた。

「なんだ、これは」

「ハンク・ザ・2ndさんの塗料じゃないですか?」

「何だと？」

ミズキは、小屋の屋上を見上げた。この上から、レンガを投げ落として命中させたというのか。

するとミズキは、今度は西方向を指さした。

「ベイカーさん、あれ、レモさんの倉庫ですよね」

今まで気づかなかったが、たしかに周囲の建物より一階分高い、見覚えのある形の建物があった。

「ということは……」

また勝手に歩き出す。ベイカーとドイジーはついていくだけだ。レモの倉庫を南から周り、倉庫と西隣の建物の間の細い隙間《すきま》に直面する位置までやってきた。

「ほらベイカーさん、西側の窓です」

ミズキはなぜか嬉しそうに、西側の壁についた窓を指さす。昨日、レモの死体を発見した直後に外を見た窓だ。窓の下には足場があり、今ミズキがいるすぐ下の壁には鉄棒を曲げて作った足場が設置されている。

「なんだか、汚《きたね》えなあ」

ドイジーがぼやいた。周囲には、折れた傘や、何かの歯車などが落ちている。ミズキはきょろきょろしながら、その場を離れていき、南側の縁に達すると膝《ひざ》をつき、下を覗きこんだ。

「ありましたー」

こちらを振り向き、手を振る。ベイカーは近づいていき、ミズキの指さす、ビルの下を見る。細い路地に、レンガの山ができていた。

「どういうことだ」

「レモさんを殺した者が、ここから落として片付けたんですよ」

その声は、確信に満ちていた。

8.

ジュジュエルが、保護中のハンク・ザ・３ｒｄを伴ってレモの倉庫へやってきたのは、午後四時をすぎる頃のことだった。ベイカーとミズキは、彼女たちを倉庫の正面入り口の前で迎えた。

「時間通りだな」

「ええ、なんでこんなに待たされたのかわかりませんが、それに……」

ベイカーを忌々《いまいま》しげににらみつけるジュジュエル。

「うちの科学班を勝手に使うなんて」

〈現場周辺略図〉

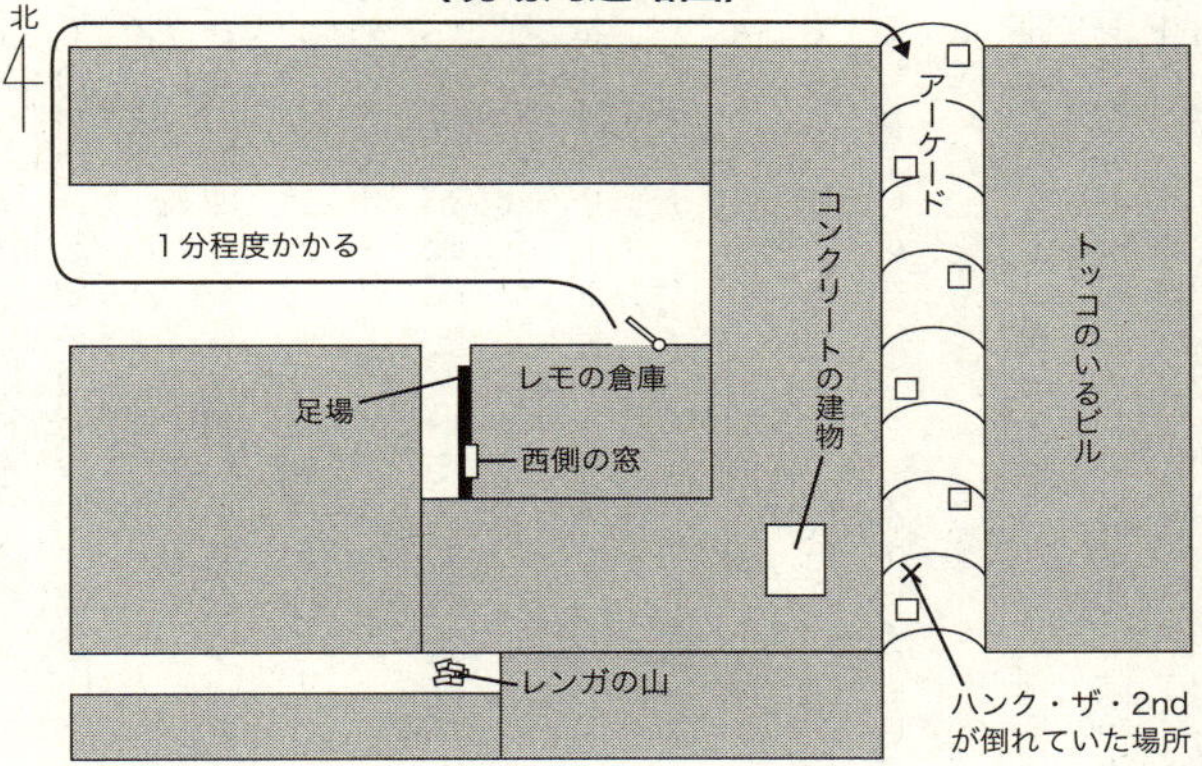

「すまなかった。しかし、優秀な部下だ」

「当たり前です」

「あの、ベイカーさん。いったい、これはどういうことです?」

ハンク・ザ・3rdが不安げな人工音声で訊《き》いてくる。

「トロングさんはレモさんを殺していません」

ミズキがはっきりと言った。ハンク・ザ・3rdは表情を変えず、体を左右に振っている。

「とにかく、中に入ろう」

ベイカーは扉を開けて、一同を促《うなが》す。

一階の棚などはすっかり整理されていた。西側の壁に立てられた大型冷蔵庫の前で、《セラフィムの瞳》の連中がそろってジュジュエルに敬礼をする。ジュジュエルは軽くそれに応じると、率先して二階へ上っていった。ドミノのセットはすでに片付けられ、レモが倒れていたところには人型にテープが貼《は》られている。

「さて、推理とやらを聞かせてもらいましょうか」

ジュジュエルは勝手に椅子に座ると、足を組んでベイカーたちを見た。

「ハンク・ザ・３ｒｄ」

ベイカーが呼ぶと、ドミノ型玩具はびくりと肩を震わせた。

「なんでしょうか？」

「お前は、リーゴ・キッチャムの引退後、【キディ・リンディ】のボスになることを夢見ていたそうだな」

「えっ」

「さらに、ボスが壊され、【キディ・リンディ】が解散になったあと、自分を中心とする新しい玩具団の結成を目論《もくろ》んでいたという情報もある。その本拠地に、この倉庫を使おうとしていたことも」

「誰がそんなことを……」

「レモはそれを嗅《か》ぎつけ、やめさせようとしたんだろう。そこでお前は、レモを消し、玩具団をそうそうに裏切ったトロングにその罪を着せることを計画した」

「へ、っへー」

ハンク・ザ・３ｒｄからは、もうびくびくするような態度は消えていた。それどころかその人工音声は、ふてぶてしさすら感じさせた。

「人間というのは時に、不思議なことをおっしゃるもんですね、ベイカーさん。私がどんな計画を立てたとおっしゃるんですか」

ミズキが一歩前に出た。

「まず、あなたは、レモさんが生きていることを第三者に確認させ、記録させたかった。うってつけの知り合いが近くに匿われていました。トッコさんです。トッコさんの隠れ家の窓から見える路上に、あらかじめ壊しておいたハンク・ザ・２ｎｄさんを置いておけば、この倉庫へ知らせにきてくれると踏んでいたのです。しかしここでひとつ問題が」

人差し指を立てるミズキ。ハンク・ザ・３ｒｄとジュジュエルは黙って聞いていた。

「レモさんは生活が不規則でいつ起きてくるかわかりません。レモさんがこの隣の寝室で寝ているときに来られては、トッコさんは寝室を覗かないでしょうから、レモさんが生きていた証明になりません。レモさんが起きているちょうどいい時間に、ハンク・ザ・２ｎｄさんをあの路上に出現させる必要があったんです」

「そんなこと、できるわけないでしょう」

ハンク・ザ・３ｒｄは笑った。

「いいえ、できるんです」

「どうやって？」

「ドミノです」

ジュジュエルが興味深そうに身を起こす。

「こちらへどうぞ」

ミズキは奥の扉を開き、西側の壁の窓へと一同を誘った。

窓から外へ出て、板の上を歩き、鉄の足場を梯子《はしご》の要領で上っていけば、南に接する建物の屋根に上がることができる。軽い身のこなしのミズキに次いで、ベイカー、ハンク・ザ・３ｒｄ、ジュジュエルが続いた。

「これは……」

そこに繰り広げられていた光景に、ジュジュエルは言葉を失った。レンガがドミノ状に並べられ、コンクリートの小屋の脇を抜けて、アーケードの屋根まで続いている。その先には、ハンク・ザ・２ｎｄに似せたぬいぐるみが座らされていた。

「半年前、バッバ・シティに流れ、あの小屋に住もうと考えた人間がいたそうだ」

ベイカーは、例のコンクリートの小屋を指さした。

「そいつは小屋の周りをレンガで固めようと、これだけのレンガを調達したが、その直後にかつての仲間に引っ張られていった。あのビルの住人の話じゃ、それ以来屋上には大量のレンガが残されていたそうさ」

「それに目をつけたハンク・ザ・3rdさんは、ハンク・ザ・2ndさんをこの屋上に連れ出し、あの小屋の下で待たせたうえで、小屋の屋根からたくさんのレンガを落として2ndさんを傷つけ、抵抗力を失《な》くしてAIを抜き取ったのです」

ミズキは言った。

「そして、あのようにアーケードの屋根の破れたところに座らせ、レンガをこうドミノ状に並べておきます。昨日、レモさんが起きた時間を見計らい、窓から抜けて梯子を上り、一番近いレンガを倒した」

と、ミズキはしゃがみこみ、レンガを倒した。当然、ドミノのようにレンガは倒れていき、座っていたぬいぐるみはアーケードの穴から落ちていった。

「すばやく窓から倉庫内に戻り、起きてきたレモさんに挨拶をする。あとはハンク・ザ・2ndさんの存在にトッコさんが気づき、倉庫にやってくるのを待つだけ。ちなみにレンガは、このビルの南側の路地に落ちているのを見つけました。昨日、天使の花園へ行く直前に、身の回りの物を取りたいと、一度ここへ帰ってきていますね？　そのときに片付けたのでしょう」

「は、はははは、はははは」

ハンク・ザ・3rdは笑いだした。

「ミズキさん、もう少し頭がいいかと思ったら、とんでもないおバカですね。人間の脳というのは、こんなに性能が悪いのでしょうか」

そして、くるりと身を翻《ひるがえ》した。

「私は2ndが壊されているのを見たあと、倉庫に帰らず直接ベイカーさんのお店に行った。いつ、レモさんを殺すというのですか？」

「あなたはトッコさんの報告を受け、レモさんが生きているのを確認させたあと、『すぐに行くから先に行っててくれ』とトッコさんを追い返しましたよね？　トッコさんが証言しました」

「そうでしたか？　しかし、その後、ハンク・ザ・2ndのところにすぐ行きましたよ。三分後くらいじゃなかったかなあ？」

「三分あればレモさんの殺害は可能です。トッコさんのカメラの正確な記録によれば、五分ほどでしたが」

「お忘れではないでしょうが、レモさんの遺体の周囲には複雑にドミノが並べられていたんですよ。たった五分間のあいだに、あれだけのドミノを並べるのは無理です。ドミノは、私が不在の五十分のあいだに並べられたものです。五十分のあいだにレモさんを殺してあれだけのドミノを並べることができたのは、トロングしかいない」

「逆に言えば」

ミズキは切り込む。

「五分間であれだけのドミノを並べる方法があるとすれば、誰かがトロングさんに疑いをかけようとしているということになります。それによってアリバイが確立されるお方が、とても怪しいですね」

「回りくどいですね」

ジュジュエルが羽を震わせる。

「ミズキさん。あなたはできるというのでしょう？　だったら、やって見せてください」

天使の挑戦的な言い草に、ミズキは落ち着いたままうなずいた。

「みなさん、一度中に戻り、下の扉から外に出てもらえますか？」

ミズキの先導に従い、一同は鉄の足場を降り、窓から中へ戻った。当然、現場の部屋にはドミノは並べられていない。階下へ降り、扉を開けて外に出る。待機していた《セラフイムの瞳》の面々にもミズキは合図をし、共に外に出てもらった。

「それでは五分後、開けて入ってきてください」

一人中に残ったミズキはそう言い、扉を閉めた。ジュジュエルが光学ビジョンに「05：00」と数字を映し出し、カウントを始める。

五分は長かった。ジュジュエルはそのあいだ、ベイカーに何か嫌味めいたことを言ってきたが無視してやった。ハンク・ザ・３ｒｄは無表情のままだ。

「さあ、時間です」

ジュジュエルが言う。ベイカーは扉を開いた。一同はそろって階段を上っていく。そして――、

「これは！」

レモの倒れていた周りには、きちんとドミノが並べられていたのだ。

「……まったく、一緒ですね。本当に、一人でやったのですか？」

驚きを隠せない様子で言ったのはジュジュエルだった。ミズキは「はい」とうなずく。

「いったい、どうやって……あれ？」

ジュジュエルもようやく、違和感に気づいたようだった。

「なぜドミノが白いのですか？」

「触ってみろ」

ベイカーが促すと、ジュジュエルはしゃがみ、ジョイントマットの上のドミノに手を伸ばし、「冷たいっ！」と手を引っ込めた。

ミズキは手に持ったものをジュジュエルの前に差し出した。それは、昨日、【ゼペット工房】のリンダとジミニー・クロッケーを追い返すときにジュジュエルが使った青いスプレー缶――瞬間冷却スプレーだった。

「下のキッチンに置いてある冷蔵庫に見える機械。あれが実は、冷凍庫だったのです」

ミズキは、ハンク・ザ・3rdのほうを見た。

「あなたはあらかじめ、この部屋に敷かれているものと同じ二十枚のジョイントマットを用意し、ドミノの完成予想図を作り上げます。レモさんが寝ているあいだ、ジョイントマットの上にドミノを並べ、霧吹きで水を拭きつけ、瞬間冷却スプレーで固定し、そのまま大型冷凍庫の中に隠しておいたのでしょう。レモさんを殺害後、あらかじめ横たえることを想定していた位置までレモさんを運び、その他のジョイントマットは外してしまい、代わりに凍り付いたジョイントマットをここへもってきて並べたのです」

ベイカーは昨日、レモの寝室のベッドの下にジョイントマットが重ねて置かれているのを見ている。あれこそ、もともと敷いてあったジョイントマットだったのだろう。

「すべてのことが五分あれば可能なのは、今証明されたとおりです。《セラフィムの瞳》のみなさん、ご協力ありがとうございました」

背後に並んでいた水色の衣装の天使たちが頭を下げる。彼らの協力を得て、冷凍ドミノを作るのに時間がかかっていたので、ジュジュエルには四時に呼び出しをかけておいたのだ。

「ちょっと待ってください。発見時に凍り付いたままだったらどうするのです」

ハンク・ザ・3rdは詰問した。ミズキは壁のある一点を指さした。エアコンだった。

「あなたはエアコンを暖房にし、タイマーで三十分後から除湿に切り替わるようにセットした。暖房で氷は溶け、除湿で水滴はなくなります。これで、あなたがここを離れている五十分の間に、誰かがこれだけのドミノを並べたように見えます」

「しかし、それを私がやったという証拠はどこにもない！」

金切り声を上げるハンク・ザ・３ｒｄ。

「下の冷凍庫を使ったという証拠はあるのか？　倉庫の閂は外しっ放しだったんだ。私が離れていた五十分のあいだに、移動式の冷凍庫を持った何者かがそうしたのかもしれないじゃないか、えっ？」

ミズキは何も言い返さなかった。苦しい言い訳だが、たしかに否定するだけの材料はない。と、階下からどすどす、がちゃがちゃと音がして、玩具が上ってきた。

「間に合ったかい、ミズキ」

「ええ」

【ゼリー・ロジャー】の食洗器玩具、ドイジーだった。その後ろには、ハンク・ザ・３ｒｄと同じ型のドミノ型玩具が立っている。色は青く、サイコロの目の数は4だ。

「おい、天使に向かって証言してやんな」

ドイジーが背中を押すと、青いドミノ型玩具はおどおどと言い出した。

「三日前のことです。ハンク・ザ・３ｒｄが、前のアジトからドミノを二千個、持ち出してこいって……」

「４ｔｈ《フォース》！　それ以上喋《しゃべ》るんじゃねえ！」

ハンク・ザ・３ｒｄが取り乱す。

「あなたはどうしたのですか？」

「前のアジトは【ゼペット工房】の連中に占領されていますから俺は嫌だって言ったんですが、言うことを聞かねえと１ｓｔみたいにぶっ壊すと……」

「４ｔｈ！」

「ハンク・ザ・１ｓｔを壊したのも、やはりあなただったんですね」

ジュジュエルは冷たい目でハンク・ザ・３ｒｄを見た。緑色のドミノ型玩具は目をぐるぐる回すと、怒りに狂った人工音声を張り上げた。

「ちきしょう！　どいつもこいつも、腰抜けばかりだ！」

どすんと、床に座り込み、短い手足を振り回す。

「なんで俺の崇高な理想が理解できねえ？　ドミノ七兄弟だ？　ふざけんな。腰抜けだけ消え失せろ！」


【ゼペット工房】の夜襲があった日、他の玩具と離れて闇雲《やみくも》に逃げたハンク・ザ・３ｒｄ

は、いつしか行き倒れ状態にあった。やさしく声をかけたのが、レモだった。レモはハンク・ザ・3rdをアジトに招き入れ、ほとぼりが冷めるまでいていいと言った。

翌日、リーゴ・キッチャムが壊されて晒《さら》し者《もの》になったという情報を得たハンク・ザ・3rdは、かねてから計画したとおり、自分がボスになるチャンスだと考えた。仲間を探した結果、ハンク・ザ・1st、2nd、4th、それに偶然近くに逃げ込んでいたトッコが見つかった。まずはドミノ七兄弟たちを集めて説得にかかったが、誰も新しい組織を作ることには賛同しなかった。逆上したハンク・ザ・3rdはその後、まず1stを騙《だま》して壊し、次に2ndをレンガの下敷きにした。そして、今回の計画を立てたのだ。

「この立派なアジトさえ手に入りゃ、かつての仲間や他の仲間を集めるのも、簡単だと思ったのさ」

「そのためにレモさんを……？　助けてくれた恩人なのに、ひどい」

ミズキが口に手を当てる。

「この街じゃ、情なんて必要ねえ。もともと、玩具に情なんていらねえだろう？」

「トロングに罪をなすりつけたのはなぜだ？」

「俺が罪をかぶっちゃ、元も子もねえ。それにトロングのやつは、以前から気に入らなかったんだ。一緒に始末できりゃいいと思ってな。しかしこんな結果になるとはな。……結局、ドミノってのは共倒れになる運命なのか」

ハンク・ザ・３ｒｄは、自嘲《じちょう》気味にけたけた笑いだした。

「玩具同士の抗争にとどめておけばよかったのに」

ジュジュエルが首を振りつつ、頭上の輪を動かす。ハンク・ザ・３ｒｄの両手は、輪に縛られた。

「あなたを逮捕します。あなたには弁護士を呼ぶ権利があります。……そこの二人でも」

ちらりとベイカーとミズキのほうを見る。ハンク・ザ・３ｒｄは力なく、へへと笑った。

「そこの二人はまっぴらごめんだ」

ジュジュエルと共に、ハンク・ザ・３ｒｄは、階段を降りかける。

「ハンク・ザ・３ｒｄさん」

その背中に、ミズキが声をかけた。ハンク・ザ・３ｒｄは立ち止まって振り返った。

「あ？」

「あれも嘘だったのですか？」

「レモさんが、私の父とコンタクトをとったことがあると……」

ハンク・ザ・３ｒｄは、体全体を左右に動かした。首を振っているしぐさの代わりらしかった。

「相当ヤバい連中が関わってるよ。嚙《か》みつかれねえように、気をつけな」

「行きますよっ」

ジュジュエルが強引に連行した。

ベイカーはミズキのほうを振り返る。事件は解決したというのに、彼女は浮かない顔だった。部屋の中のドミノは、まだ凍り付いたままだった。

CASE 2. アニマルカートの死角

コロコロサーキット全体図

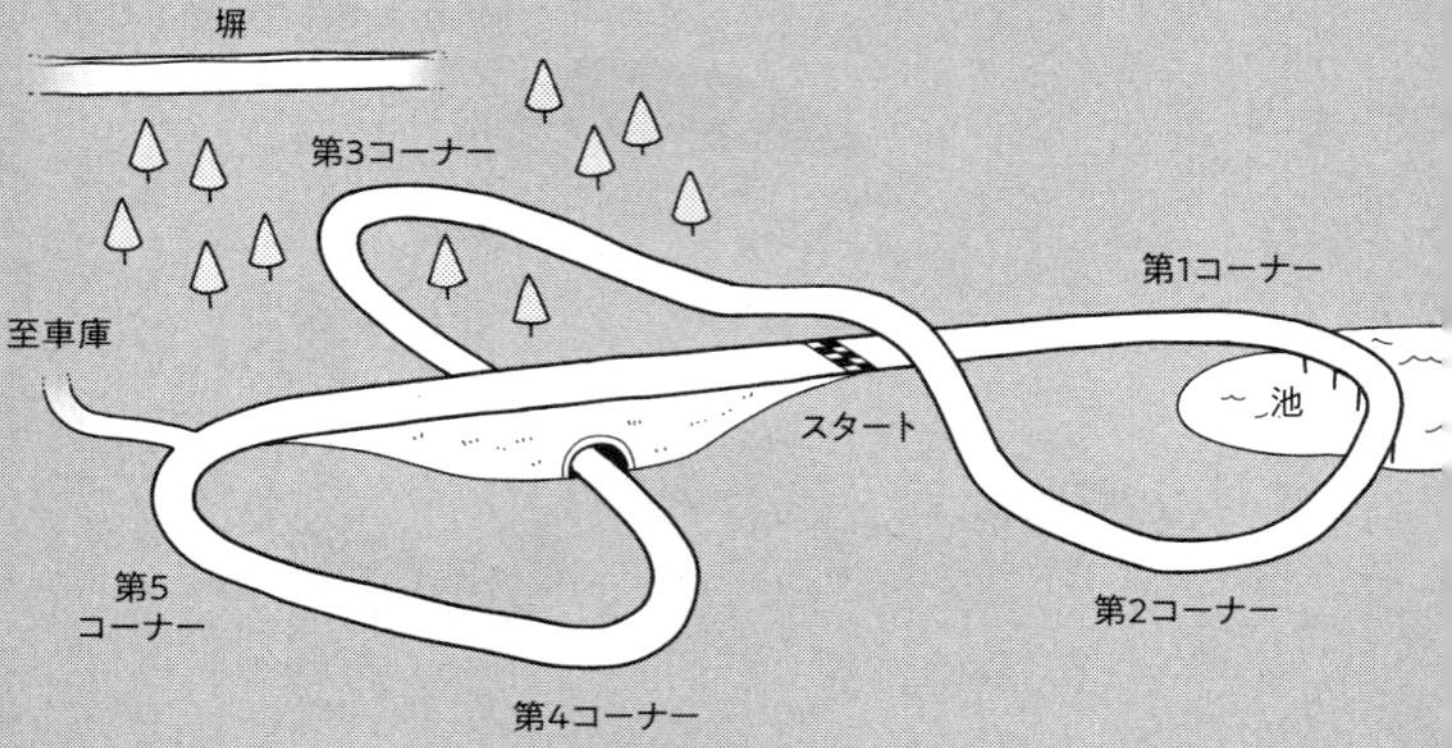

1.

ベイカーの経営するパン屋《ブラック・ベイカリー》に権天使《プリンシパリティー》ジュジュエルがやってきたのは、その日の午前中、まだ店を開けて十分かそこらしか経っていない時刻だった。けして広くない陳列棚では、並べたばかりの焼き立てのパンが、香ばしい匂《にお》いを放っている。

ジュジュエルは、ベイカーの知らない一人の男を連れてきていた。

「こりゃ、うまそうだなぁ！」

やけにパリッとした三《み》つ揃《ぞろ》いを着たその男が、物珍しそうにパンを眺めまわす。

「ねえ、このパン・オ・レザンってのは、なんですか？」

「レーズンを使ったパンです。普通のレーズンパンと違うのは、デニッシュ生地を使っているることなんです」

ミズキが答えると、

「へえ、このバッバ・シティにも、レーズンがね！」

何が可笑《おか》しいのか、身をよじらせて笑い出した。その様子を見て、キンカジュー型玩具のポモが「ぽもー」と鳴く。

「冷やかしに来たのか？」

「いいえ、捜査です。こちらはペカノ警察の捜査官、マテウスさんです」

「いかにも。ペカノにこの人ありと言われた、マテウスです。どうぞ、お見知りおきを」

ジュジュエルの紹介を受け、三つ揃いの男はひょこっと姿勢を正したかと思うと、お辞儀をした。どうも芝居がかった男だ。ペカノというのは、バッバ・シティから西に五キロほどの街だ。

「単刀直入にお伺いします。こちらの男を見たことは？」

マテウスはジャケットの内ポケットから小型の画面を出すと、ベイカーたちに見せてきた。四十くらいの冴《さ》えない風貌《ふうぼう》の男が映し出されている。溶けたアイスクリームのように重いまぶたが特徴的だ。頭は禿《は》げあがり、その頭頂部に赤いインコを載せていた。見たことのない顔だったのでベイカーは否定しようとしたが、

「あっ、知っています」

ミズキが反応した。

「五日くらい前の午前中、ベイカーさんが、ミルキーウェイ・ボブさんのところへ行って

いるあいだ、私、店番をしていたじゃないですか」

「ああ、六日前だな」

「あのとき、来店されました。その、赤いインコが飛び立って、パン・オ・レザンをついばんでしまったんです」

「これを?」

マテウスがパン・オ・レザンを取り上げる。

「おい、素手で触るな」

マテウスは「あ、すみません。買いますから」とパン・オ・レザンを置き、ミズキのほうを見る。

「玩具の鳥のはずですけど、パンをついばんだんですか?」

「ええ。私も気になって訊ねたら、何でもついばんでしまって困っていると。あとで吐《は》き出すとも言っていました。そのパン・オ・レザンは、弁償だと言って買っていかれました。パンがお好きなようで食パンと、クロワッサンも」

「いったい、何なんだ、この男は?」

「ラツァロという名前です。ペカノの目抜き通り、ボードウェイに店を構え、主にねじまき鳥や糸巻き鳥、電子鳥なんかを扱う鳥商人なのですが……」

ここまで言うとマテウスは片足に重心を掛けるようにして両手を腰のあたりに開き、顔をうつむかせた。まるでスポットライトでも当たったかのような所作だ。

「今朝、死体で見つかったのです」

ミズキが口に手を当てる。

「殺しか？」

ベイカーは訊ねた。

「ええ。首にははっきりと絞め跡が。ビッグ・リバーに浮かんでいるのが発見されました」

「ちょうど、マンション・モルグの近くです」

ジュジュエルが説明を継いだ。それは以前、ベイカーが関わったある事件が起きたマンションだった。ビッグ・リバーという、ゴミが流れる川沿いに建っているのだった。

「俺はラツァロの事件を担当することになり、やつが以前よりバッバ・シティに出入りしていたことも知っていたので、きっと真相はこの街のどこかに眠っているだろうと踏んだのですが、この街には不案内でしてね」

「そこで、私が協力することになり、共に聞き込み捜査をしているというわけですよ。ミズキさん、彼はその後、どこかに行くなどと言っていませんでしたか？」

「いいえ。お客さんとそういう話はしませんから」

「うーん……」

腕を組む、ジュジュエルとマテウス。

「ラツァロはこの街で何をしていたのでしょうね……」

「用が終わったのなら、さっさと帰れ」

「そんなこと言わずに、ベイカーさんも考えてください。ペカノから来た鳥商人が行きそうなところ」

「心当たりはない。俺たちはこのあと、午後まで、行かなきゃいけないところがあるんだ」

「ぽもー！」

加勢するように、足元のポモがジュジュエルに敵愾心《てきがいしん》を見せた。

「本当に、可愛《かわい》くないドブネズミですね」

ジュジュエルは忌々しげに言うと、「マテウスさん、行きましょう」と、店を出ていった。店内をキョロキョロしていたマテウスは、結局、パン・オ・レザンを買うことはなかった。

2.

午後、配達を終えたそのままの足で、ベイカーはバンの助手席にミズキを乗せ、バッバ・シティの来たことがない地域へとやってきていた。ディストリクト・マルパテだ。

歯車ひとつ落ちていない清潔な道の脇には、街路樹の人工ユーカリが等間隔に植わっている。沿道の建物はみな、毎日磨《みが》かれているかのように白く光り、いつもは気にならないフロントガラスの汚れがみすぼらしく思えてくるほどだった。

「バッバ・シティじゃないみたいですね」

ミズキも助手席であちこちを見ていた。

「あまりキョロキョロするな。目印を見落とすぞ」

「はい、すみません」

たしなめるベイカーだが、外が気になるのもわかる。こんなに整った街並みを作るなど、この地域を牛耳《ぎゅうじ》る玩具団のボス、シニョーレ・ニコラの手腕がうかがえるというものだった。

——二人がディストリクト・マルパテを訪れた理由は、昨日、キャプテン・メレンゲが持ってきた情報にあった。キッチン玩具団【ゼリー・ロジャー】の頭目であり、海賊のような見た目をしているが、その片腕が泡立て器になっているのだ。ベイカーと【ゼリー・ロジャー】の仲は、ある裁判をきっかけに険悪になっていたが、先日のレモ殺害事件をきっかけに、再び交流を持つようになっていた。

「ディストリクト・マルパテには行ったことがあるか？」

昨日、店の奥にあるベイカーの居室へやってきたキャプテン・メレンゲは、リビングルームのソファーにどっかり腰を下ろすと、ボウルの中の卵をかちゃかちゃとせわしなくかき回しながら訊ねた。

ベイカーは首を振った。脇で聞いているミズキは首を傾《かし》げ、ベイカーの足元ではポモが

「ぽもー」ととぼけた声をあげる。

「【ベルベット・スタイ】のボス、シニョーレ・ニコラが、シンヤという玩具弁護士の情報を持っていると言っていた」

「なんですって？」

興奮するミズキを手で制し、ベイカーは訊ねる。

「直接聞いたのか？」

「ああ。シニョーレ・ニコラは玩具団のボスにしては紳士的な奴《やつ》でな、うちの手下どもも、コロコロサーキットにはちょくちょく遊びに行っているらしい」

シニョーレ・ニコラの持っている賭《か》けレース場のことだった。バッバ・シティのみならず外からも観客が多く訪れ、賭け金の一部が入るため、かなり潤《うるお》っているという話はベイカーも聞いたことがある。【ベルベット・スタイ】はバッバ・シティの玩具団の中でも異質な存在であり、その経済的手腕は玩具団というより企業団だという者もいるくらいである。

「実はシニョーレ・ニコラから、言伝《ことづて》を頼まれた。奴の屋敷《やしき》へ行ってくれねえか」

キャプテン・メレンゲは言った。

「なぜだ」

「コロコロサーキットで、最近不可解な事件が起きたらしい。あんたらのこれまでの活躍を話したら、ずいぶん興味を持ってな。ぜひその謎《なぞ》を解いてほしいというのさ。もし解決したら、シンヤの居所がわかるかもしれねえんだぜ、悪くねえ話だろ」

ベイカーはミズキを振り返る。行きたそうな顔をしている。

都合のいいことに、その日の配達先はディストリクト・マルパテにほど近い方面に集中していた。ベイカーは結局、話を聞くだけでもと、配達が終わった後でシニョーレ・ニコラを訪ねることにしたのだった。

「あっ」

ミズキが左斜め前を指さした。

「あれじゃないですか、パンダの石像」

見落とすわけのない目印だった。曲がり角に、高さ五メートルはあろうかという巨大なパンダ像が座っていて、その首には絨毯《じゅうたん》のような緋色《ひいろ》のよだれかけがかかっている。パンダは両手に看板を抱えており、「コロコロサーキット、ここを曲がってすぐ」と書かれていた。

角を曲がって少し行くと、左側に壮麗な門があった。サーキットへ行くには直進だが、今日の目的地はこの屋敷にある。近づいていくと、門は自動的に開いた。コロニアル風の二階建ての建物の前に、長身の女性型アンドロイドが両手を揃《そろ》えて立っていた。その指示に従ってバンを停《と》め、降りた。

「ベイカー様にミズキ様ですね、お待ちしておりました。シニョーレ・ニコラの秘書をしております、メリッサと申します」

女性アンドロイドは、二人に対して丁寧に頭を下げた。黒髪に、白い人工皮膚。クリームのように滑《なめ》らかな人工音声。紺色の使用人服を身にまとい、右の肩には哺乳瓶《ほにゅうびん》の絵が描かれたマザーバッグをかけ、首には緋色のよだれかけを着けている。【ベルベット・スタイ】のトレードマークらしいが、そのよだれかけの前にペンダントが垂れさがっているのが滑稽《こっけい》だった。ペンダントのトップにはピンク色で角の丸い三角形のプラスチック製のものが使われていて、高級そうなよだれかけに対してなんとも安っぽかった。

「どうぞ、ご案内いたします」

メリッサについて屋敷に入っていくと、ヒガンバナを敷き詰めたような赤い絨毯が延びる先に、大理石の階段が待ち構えていた。

「この屋敷は、バッバ・シティにもとからあったものか?」

「いえ」

メリッサは表情を変えずに答えながら、階段を上っていく。

「この周辺は団地でしたが、ごっそり住人が出ていってしまって巨大な廃墟《はいきょ》が乱立している状態だったのです。それをシニョーレ・ニコラの指示ですべて取り壊し、整備しました。このお屋敷もそのときに」

再開発といっても差し支えない事業だ。人間ですら打ち捨てたこのバッバ・シティにおいて、そんなことのできる玩具がいたとは。

「こちらがシニョーレ・ニコラのお部屋になります」

メリッサが足を止めたのは、二階の廊下の突き当たりだった。薄い茶色の、三メートルほどの高さのある両開きのドアだ。いよいよ、対面だ。

ドアが開くと、天蓋《てんがい》のついたベッドが目に飛び込んできた。その右にレースのテーブルクロスが掛けられた豪奢《ごうしゃ》なテーブルが一つ。テーブルの奥には、綿菓子のように白くふわふわした人型玩具が、二体、立っていた。――二十年ほど前に流行《はや》った、子どもに人気のキャラクター、ファーファーボーイだ。笑顔を崩さないその玩具たちは服を着ていなかったが、やはりそろって緋色の高級よだれかけを着けていた。二体のあいだには、緑色のビーカーが置いてあり、その脇には金属製の二つの太い足にトレイが載せられた不思議なポーターがあった。ポーターはがちゃがちゃと足踏みをしており、トレイの上のアヒルの玩具がカタカタ動いている。

「ごきげんよう」

野太い声が聞こえた。向かって左のファーファーボーイが、ベビーカーを押してこちらへ来る。

「ダンディなパン屋と、上品なお嬢さんじゃないか」

ベビーカーの中で半身を起こしてこちらを見ているのは、赤ん坊だった。飛行機の模様があしらわれた、全身を覆《おお》うタイプのベビー服。もはやおなじみとなった高級よだれかけに、ピンで鎖が留めてある。鎖の先端には金色に光るおしゃぶりがぶら下がっていた。

「あなたが、シニョーレ・ニコラですか」

ミズキは、その赤ん坊を見つめた。

「いかにも」

その無垢《むく》な顔からは想像できないほどの、低音の人工音声だ。

「まずは座るといい。料理を出させよう。玩具の振る舞う料理だからと言って馬鹿《ばか》にはできないものだよ。人間のお客も多いのでね、オートダイニングシステムは完備している」

ベイカーとミズキは、勧められるままに、テーブルについた。

3.

モックベイビーは、百貨店などのベビー用品売り場のために作られた、疑似赤ん坊人形である。人形といっても肌の質感や重量、表情、涙やよだれ、尿の成分などはほとんど人間の赤ん坊と変わらない。赤ん坊を初めて得た親がその抱き心地や、服の着せ替え、おむつ替えなどを体験したり、ベビー用品売り場で、ベビーカーやベビースリングなどの使い心地を試したりするために使われている。

「シニョーレ・ニコラ、お前は普通のモックベイビーではないな」

オードブルのテリーヌを切りながら、ベイカーは言った。

「モックベイビーのＡＩには、当該年齢を超える能力をプログラミングしてはいけないはずだが」

人工知能法にある条文だった。言語能力や、手先の能力など、本物の赤ん坊のできることが事細かに規定され、たとえば、六ヵ月を想定して造られたモックベイビーに七ヵ月の知能をプログラムしただけで、罰されるはずだった。

「ふふふ……**ばあ、ばあ**」

シニョーレ・ニコラは人工よだれを垂らし、楽しそうに笑う。右のファーファーボーイが高級よだれかけでその口元を拭いた。

「人間とは不思議な生き物でね。禁じられれば禁じられるほど、やってみたくなる性《さが》を持っているらしい。パナセダ・ユニヴァーシティ理工学部の学生、ギャンがそうだった」

パナセダ・ユニヴァーシティ――バッバ・シティの東方、キャグラ・スロープとの間に位置する総合大学だ。人文系の学部ではかなりの優秀な人材を輩出しているが、理工学部だけは極めて変質的であり、〝マッドサイエンティスト養成所〟とでも表現すべきいかがわしい研究室が乱立していると聞く。人の小腸を食い破る人工サナダムシや、親指ばかり七本もある義手、屈折率のコントロールによって水中で透明に見えるキッチンペーパーなどを開発したのもここの理工学部の研究者たちだったはずだ。ベイカーはこのキッチンペーパーに興味を持って調べたことがあるが、まったく油を吸わないので有用性はなかった。

「ギャンは経営能力を持ったAIの開発を研究していたが、あるとき同様の研究をしていた同級生の試作品を盗んだ。たまたま古玩具屋で手に入れたモックベイビーの中にそれを隠したのだが、結局、ギャンはその同級生に殺されてしまったんだ。盗まれたAIは発見されることがなく、そのままモックベイビーの中で増補プログラムが完成した」

「それがお前というわけだな」

ベイカーが言うと、シニョーレ・ニコラは**あはぁ、あはぁ、**と両手を胸の前で振りながら笑った。この笑い声がオリジナルの音声で、低音の大人の声はＡＩと共に後から組み込まれたもののようだ。赤ん坊の中に別人格があるようで気持ちが悪い。

「ギャンの遺品としてゴミに出された私は、同じくギャンが開発したこいつに載せられ、バッバ・シティに運ばれた」

シニョーレ・ニコラはベビーカーの脇にある金属製の二足歩行ポーターのほうを向いた。

「自分で歩くことのできるポーターさ。アルミ合金製で、軽いわりに重量に耐えられ、おまけに、折り畳みが可能ときている」

ファーファァーボーイがポーターの天板につけられたボタンを押すと、ガチャガチャと折り畳まれた。載っていたアヒルの玩具がカタリと音を立てて止まる。大きさは、ノートくらいだった。

「象の足のように強いという意味で『象足ポーター』と名付けられたんだが、……**ぶー**。話が横道にそれたな。まあ、バッバ・シティに流れてきた私は、見てのとおりまだハイハイもできない体だが、ギャンに組み込まれた経営能力があったものでね。こいつらの助けを借りてあちこちに出歩き、拾った経理専用玩具を使って事業を起こし、ゴロツキの重機系玩具どもを多数雇った。ディストリクト・マルパテがバッバ・シティ一の発展地区になるのも、時間の問題だったさ。**ぶー、ばぁ！**」

人工よだれが誇らしげに宙に舞う。

「赤ちゃんなのにすごい」

すでにテリーヌを食べ終えたミズキは、感心している。

「そんな体で他の玩具団とやりあえるんですか」

「大したことない。キャプテン・メレンゲもピノも、話せばわかる玩具さ」

「肝《きも》が据わっていらっしゃるんですね」

「首は、据わるのに三ヵ月かかったがね。**あはぁ、あはぁ**」

話好きなのか、どうも余計なことを言いたがる赤ん坊だ。ベイカーは本題に切り込むことにした。

「玩具弁護士、シンヤの情報を持っていると聞いたが」

シニョーレ・ニコラはもう一度、**ぶー、ばぁ、**と唾《つば》を飛ばすような表情を見せると、

「いかにも。私は君たちにとって有用な情報を持っている。今、私を悩ませている事件を解決してくれたら、それを教えてあげよう」

ベイカーとミズキはそろってうなずく。メリッサが黙ったまま、肉料理を運んできた。

「事件というのは、私の持つアニマルカートのサーキットで、五日ほど前に起こった事件だ。詳しいことは現地で話そう。その前に、ゆっくり食事を楽しみたまえ」

あはぁ、あはぁ。ファーファァーボーイに渡されたガラガラを振りながら、シニョーレ・

ニコラは愛らしく笑い続けた。再び二本足に戻った象足ポーターの上では、アヒルの玩具がカタカタ揺れていた。

4.

アニマルカートは、百貨店の屋上やイベントスペースなどで親しまれる、動物の形をした乗り物である。幼児がまたがり、コインを入れ、一定時間だけ動くことができる。ハンドル操作で左右に動かせ、ボタンでバックもできるようになっており、スピードは出ない。

シニョーレ・ニコラがパナセダ大学のゴミ捨て場からバッバ・シティに流れてきた当時、ディストリクト・マルパテには、なぜかアニマルカートが大量に捨て置かれていたそうだ。シニョーレ・ニコラはこれに目をつけ、自動車工場で使われていた玩具たちや技術を持つ人間たちを集めて改造をさせた。改造アニマルカートは、時速六十キロまで出るようになった。

うまい具合に、ディストリクト・マルパテには団地の住民の憩いの場として作られた広い公園があった。ニコラは圧倒的な指導力でここをレース場に変え、アニマルカートによるレース賭博《とばく》を始めた。《コロコロサーキット》と名付けられた全長六百二十メートルのレース場には、今やバッバ・シティはもちろんのこと、外の世界からもギャンブル好き（もちろん人間たち）がやってくる。

「どうだね、ここからの眺めは」

ベイカーたちが連れてこられたのは、そのレース場を一望できる、高さ三十メートルのVIPルームだった。絨毯張りの部屋に、革張りのソファー。壁際にはやはり、天蓋付きのベビーベッドがある。ミズキはガラス窓に引っ付き、メリッサから借りた双眼鏡でレース場を見回していた。ベイカーもその脇に立つ。眼下には三百もの玩具と人間が一斉に入ることのできる客席。その向こうにサーキットが広がっている。

レースは直線コースに設けられたスタート地点から始まる。直線コースを右へ抜けると、突き当たりに大きな池があり、その直前で時計回り方向に曲がったコースは、直線コースの上を抜ける立体交差にさしかかる。ここを越えた先は林のようなこんもりした植え込みによってベイカーたちのいる位置からは見えず、左側の直線コースの下から再び浮き上がるようにコースが延びてきているのが見える。その後は、やはり時計回りにぐるりと回って初めの直線コースへと続いていく。

「一日に、工場一つ分の金が動くこともある興行さ。だが」

ベビーカーの上で、黄金のおしゃぶりを片手にシニョーレ・ニコラは言った。

「五日前の消失事件をきっかけに、サーキットの評判は落ちてしまってね。せっかく賭けたカートが消えるようなレースなど潰してしまえという怪文書まで送られてくる始末さ。事件を解決しないことには、大損だ、ぶぶぶ、ぶー」

「アニマルカートが消えたのはどのあたりだ？」

「それがわからんのさ、シニョーレ・ベイカー」

「わからない？」

「ああ、レースは一日に五本、一度に十五台のカートが出走する。カートが消えたのは五日前の最終レース。スタート直後から荒れてな。一番人気だったラクダカートがもたついて倒れ込み、後続二台のカートを巻き添えにして煙を噴《ふ》いた。ちょうどあの、立体交差のあたりだ」

指さしたつもりだろうが、生後五ヵ月の手なのできちんと握れていない。

「その三台のカートのために通れる幅が狭まって、カートとカートのあいだが開いてしまうレース展開になった。つまり、どの観客も十五台のカートを一度に見ることができなくなってしまった。レースの結果は、3－12。三・四倍と、高配当ではなかったが、そのうち客の一部が騒ぎ出した。俺の賭けたカートはどこだ、とな。慌ててスタッフが数えると、確かにカートが一台ない。ファーファァーボーイやメリッサもレース場に降りて探したが、カートは忽然《こつぜん》と姿を消してしまった」

合図に合わせ、ファーファァーボーイが壁のボタンを押した。ベビーベッドとは逆側の壁に、スクリーンが降りてきた。一台のアニマルカートと、ロボットが映し出されている。カートは黄色の体に何本かの黒い縞《しま》模様が入ったトラの形をしている。ロボットは、針金を曲げて作ったような、貧弱なものだった。

「消えたのはあのトラのカート。当日の出走番号は『4』だ。隣は乗り手のロボット。ユージンといい、もとは大道芸ロボットだった。周囲の綿やウレタンの部分は野犬に食い破られてアルミニウムの骨組みだけになってしまったがね、軽くなったので却《かえ》ってカートの乗り手には向いている」

「カートと一緒に消えたのか?」

「そうだ。スタート時には確実に、あそこの四番手にいた。お昼寝が終わったあとのすっきりした時間でね。この目でしっかり見ている」

ほぎゃあ、と、シニョーレ・ニコラは一息ついた。

「生後五ヵ月の目が信用できないなんて言わないだろうな。これでも、大人より純粋に物が見られるはずさ」

いちいち言うことが気取っている。玩具と人間、合わせて三百もの観客が目撃していたのだから疑うべくもない。

「あの、第一コーナーの池の部分なんですが」

ミズキが双眼鏡を覗いたまま言った。

「柵《さく》がないですね。曲がり切れなかったら落ちちゃいそうです」

「**ばばばば。**そんな事故はしょっちゅうさ。半年前もカートごと落ちたロニーというハリネズミ型のミュージックロボットがショートして再起不能になってしまった。もともと粗暴な運転をするやつだったが、あのレースは盛り上がってね」

シニョーレ・ニコラは笑った。

「シニョーラ・ミズキ。どうやらコースに興味があるようだね」

「ええ、まあ……」

「コースに降りて、実際にカートを運転してみてはどうだ？」

5.

車庫には、改造されたアニマルカートが四十台ほどずらりと並んでいた。ベイカーは勧められたパンダ型カートに乗り、左手の手元にあった「ｅｎｇｉｎｅ」という赤いボタンを押した。軽快なメロディが、尻のほうから聞こえてきた。

「コインは入れなくていいのか？」

ベビーカーのシニョーレ・ニコラに訊ねる。

「コインを入れなくてもいいように改造してある。右足近くに、ボディから飛び出た針金があるだろう。それを上から下に押すと前に進む。すぐにスピードが上がるからそっとな。バックはつま先に引っ掛けて、上げるだけだ」

言われたとおりにそろりと針金に足をかける。パンダは四肢を動かし、前方へと進んでいった。頭部に取り付けられたステアリングを操作し、ベビーカーの周りを一周する。

「うまいもんだな。どうだ、乗り心地は？」

「このスピードならいいが、六十キロも出すとなると、振り落とされる可能性がある。お前は自分で乗ったことはないのか？」

「私はまだハイハイ《クリープ》すらままならない。**はきゃ、はきゃ**」

両手を胸の前で振りながらニコラが笑ったそのとき、巨大なシンバルが地上五十メートルから落下したような音がした。

「痛いっ！」

ピンクのウサギのカートが、尻から車庫のシャッターに突っ込んでいた。ウサギの足元には転げ落ちたミズキが腰を押さえてうずくまっており、メリッサが直立不動のまま彼女を見下ろしている。

「大丈夫か？」

ベイカーはエンジンを止めてパンダを飛び降り、ミズキのもとへ向かった。

「ベイカーさん。私にはこの運転は難しすぎます……」

メリッサに指導されながら、針金の微妙な操作をしていたら、思いのほか早く前進したので慌ててつま先で蹴り上げたら猛烈な勢いでバックを始めたのだという。

「レディーがこんなものを自ら運転することもないさ。シニョーレ・ベイカーの後ろに乗ればいい」

赤ん坊はそう言って、金色のおしゃぶりをくわえた。


車庫から細い道を行くと、第五コーナーに出た。先導するのは、アルマジロ型カートにまたがったメリッサ。二メートルほど間隔を置き、パンダ型カートはついていく。ベイカーの後ろにはミズキがまたがり、しっかりとベイカーの腰にしがみついていた。二人の頭には、インカムトランシーバーが装着されている。ベビーカーから動くことのできないシニョーレ・ニコラはファーファーボーイとともにＶＩＰルームに帰っていったが、これを使って話ができるのだった。

「ここから先がスタート地点になります」

メリッサの声が聞こえた。サーキットの道幅は十二、三メートルといったところだ。前方、二百メートルほど直線が続いており、路上にコの字型の印と番号がついている。ベイカーはバッバ・シティに来る前、外の世界で一度だけカーレースを見に行ったことがあるが、スタートの方式はそれと似ているようだった。

「シニョーレ・ニコラ、聞こえるか」

〈ああ、感度良好さ〉

ぶー、ばあ、という機嫌のいい赤ん坊の声も聞こえる。

「スタート位置はどう決めるんだ？」

〈レース当日に、乗り手がくじを引くんだ〉

「くじか。1番を引いたやつがだいぶ有利だな」

〈アニマルカートレースを見くびってもらっては困るな。風の抵抗を受けるため、前を走るカートが有利とは限らない。それに、先行するカートは後ろからカラーボールを投げつけられる恐れがある〉

「カラーボール？」

「これです」

メリッサが、アルマジロ型カートを停めて振り返り、哺乳瓶の描かれた袋から透明のプラスチックボールを取り出した。ドブ川から汲《く》んできたような汚らしく粘性のありそうな液体が入っていた。

「レース中、乗り手は携帯している袋の中に、このカラーボールを二つ入れているのです。ここ一番のときに、他のカートに投げつけて走行を妨害することができるのです」

「野蛮なレースだな」

「それくらいしなければ、盛り上がりません」

メリッサはボールをしまい、再びカートを進めていく。やがて、池の直前の時計回りの曲がり角に差し掛かった。第一コーナーだ。ミズキが言っていたように柵はない。

〈そこは慎重にな〉

インカムからシニョーレ・ニコラの声が聞こえた。

「柵をつけたほうがいいんじゃないのか。危険だ」

〈メリッサもそう言うんだがな。危険こそレースのロマンじゃないか。現に、ロニーが落ちたとき、観客の興奮は最高潮になったもんさ〉

半年前にこの池でショートしたというハリネズミ型玩具のことだ。冗談じゃない。ベイカーは、運転を誤らないようにスピードに気をつけつつ、池の中を覗く。意外と透明度は高く、底が見えた。

ぐるっと第二コーナーを曲がると上り勾配《こうばい》になり、そのまま立体交差になった。下っていくと、両脇に人工的な木が植えられた林のようなゾーンに入る。木々の高さは三メートルくらいあろうか。

林の中の第三コーナーを抜けると、目線の上のほうに先ほど通ってきた直線コースが見えた。コースはその下にぽっかりと口を開ける洞窟《どうくつ》へと吸い込まれるように延びている。

「二つ目の立体交差、洞窟トンネルです」

二台のカートは洞窟に入っていった。照明はなく、真っ暗だ。道幅は外に比べてだいぶ狭く、カート一台分しか通れない。ここでは追い越しはできないだろう。曲がりくねってはいないので、三十メートルほど先に出口の明かりが見える。あの明かりを目指していけばいいはずだが……、

「あっ！」

ベイカーの乗っているパンダ型カートが揺れた。外のコースと違い、路面が岩のようにでこぼこしているのだ。

「ベイカーさん、あれ……」

見ると、天井に、小さな赤い光が無数にある。照明にしては光が弱い。そのうちの一つが浮遊し、ベイカーの頭にぶつかってきた。

チキティ！

それは鳴いた。ミズキが小さく悲鳴を上げ、ベイカーの背中にしがみつく手に力を入れる。

チキティ！　チキティ！　チキティキティ！

コウモリだった。思わずスピードをあげようとしたが、倒れたらまずい。

「ご安心ください。玩具ですから、噛み付いたりしません。糞《ふん》もしません」

メリッサは落ち着いているが、ぶつかられると痛い。結局ベイカーは洞窟を抜けるまで、コウモリに付きまとわれっぱなしだった。

観客席を前に、再び右カーブ。第四コーナーだ。やがて、第五コーナーの小道のところまで戻ってきた。メリッサはアルマジロ型カートを停め、降りた。ベイカーもエンジンを止めた。

「これで、ざっと一周といったところです。今ので、だいたい十分くらいでしょうか」

首を傾け、メリッサは言う。きっと、正確な体内時計が仕込まれているのだろう。

「何か気になる点があればご質問を。何でも答えるようにとシニョーレ・ニコラから仰せつかっています」

気になる言い方だった。

「これで直接訊けばいいだろう。おい」

インカムマイクに向かって話しかけるが、先程まで明快に答えていたニコラの返事がなかった。

「おい。シニョーレ・ニコラ」

「シニョーレ・ニコラはおねむの時間です」

「何だと?」

「類いまれなる経営の能力がプログラムされていても、シニョーレ・ニコラは生後五ヵ月仕様のモックベイビーです。毎日決まった時間にはお昼寝をしなければなりません」

変わった玩具団のボスがいたものだ。

「シニョーレ・ニコラはお昼寝あけにも、お二人とお話がしたいとおっしゃっていました。それまでに、調査を進めていただけると嬉しいのですが」

ベイカーはミズキのほうを振り返った。ほっぺたを右手でつねるようなしぐさをしていた。

「アニマルカートが消えるとしたら、観客から死角になっているところだと思います。このレース場でそれにあたるのは、第三コーナー周辺の林と、その後の洞窟トンネルです」

「ええ」

メリッサはミズキに答えた。

「レース当日、そこを探した係員の方のお話を聞いてみたいのですが」

「けっこうです」

メリッサはうなずいた。

6.

「おらたちは、あの日、この林をくまなく探したよ」

レース場の係員だというそのぬいぐるみは、体長二メートルほどのヒグマのぬいぐるみだった。獰猛《どうもう》そうな顔をしているが、のんびりした口調だ。他の六体も同様のヒグマで、作業着の胸には『1』『2』……と、番号が振ってある。リーダーはベア1と呼ばれているようだった。

一同は再び、第三コーナー周辺の林の中まで、徒歩で来ていた。

「七体で捜したのか？」

ベイカーは訊ねる。

「いいや、おらたちと、二体のファーファーボーイ。あと、メリッサさんもあとから来たっけね」

「そうです」

そういえば、メリッサもレース場に降りたとシニョーレ・ニコラが言っていた。

「この林の木はね、強化プラスチックでできていて、中が空洞になっていてね」

ベア1は手近の木を両手で抱えると、よっ、と発声しながら力を入れた。芝生から、すぽりと木が抜けた。たしかに中は空洞になっている。

「こん中に隠れてるんじゃないかって思って、一本一本、確認したのさ」

「アニマルカートが隠れられるほどの太さはないだろう」

「うん、でもね、一応ね、みんなでね」

愚鈍さを感じさせる返答だった。周りを見ると、ざっと百本ほどの木が植わっている。

「だいぶ時間がかかったんじゃないのか？」

「いやいや、大したことないよ。おらたち全員で、十分かからなかったはずさ」

「間違いありません」

メリッサが口添えをした。

「私が来てから三分ほどでその作業は終わりました。もっとも、どの木の中にも何も入っていませんでしたが」

ベイカーはふと思い立って、林を路面とは逆方向へ入っていく。一同がついてくる。やがて、林の端《はし》へやってきた。四メートルほどの高さのコンクリートの塀がそびえており、その上には、オレンジ色の有刺鉄線が横に三本、張られている。

「この向こうは何になっている？」

「スクラップ置き場だけど……まさか、ここからアニマルカートが外へ出たと思っているのお？」

ヒグマたちはそろって、しゃしゃしゃしゃと笑い出した。

「無理無理。クレーンででも吊り上げなきゃ。そんなことしていたら、目立つでしょ、しゃしゃしゃしゃ」

腹が立つ笑い方だったが、たしかに言うことは合っている。

「あの針金には高圧電流が流れています。外部からの侵入を防ぐのが本来の目的ですが、内から外へも出ていけません」

メリッサの指摘も的確だった。ベイカーはミズキのほうを見たが、何も言うことがないというような顔をしていた。

「続けていいかあい？」

ベア1は毛むくじゃらの前足でぽんぽんとベイカーの肩を叩き、コースのほうへ戻るように促す。

「おらたちはそのあと、洞窟の中を探そうってことになったのさ」

洞窟にたどり着くと、七体のヒグマは懐からライトを出した。

「この洞窟の中には蛍光灯はついてないからね、みんなで手持ちのライトを持って、照らしながら入っていったのさ。だけどほら、ここは外と違って、カート一台分がやっと通れるくらいの幅しかないだろう」

ライトの光は意外と明るい。ベア1からベア3までのヒグマが前に、その後ろにベイカー、ミズキ、メリッサが続き、残り四体のヒグマが後ろを行くという隊列になった。前後からライトに照らされ、洞窟の中はよく見渡せる。

足元だけではなく、壁も天井も岩肌になっていた。天井はヒグマの頭から三十センチの高さといったところだ。コウモリたちは、ライトの光があるとたんに行動力をなくすらしく、何も音声を発さずに岩のくぼみに隠れるように固まってこちらの様子をうかがっている。

「この中にはないだろうなって、すぐわかったよね。だってもしこんなところで停まっていたら、後続のカートが詰まっちゃっていたはずだからね。実際、一年くらい前、レース本番中にそういうことがあってねえ」

ベア1ののんびりした声が洞窟内に響く。

「一台のカートがこの洞窟の中で停止して、すぐ後ろを走っていたカートが追突。ありゃ、大惨事だったよ。後続のカートが詰まっちゃってさあ。あとで調べたら、カートのエンジンに細工がしてあった。誰かが車庫に忍び込んでイタズラしたに違いないよ。あのときも払い戻し騒ぎがあってさ、大変だったよなあ……」

「ベア1、関係ない話はもうそのへんで」

メリッサが、おしゃべりを止めた。

「あれ」

突然、ミズキが足を止めた。前後のヒグマたちもつられて止まる。

「どうした、ミズキ？」

「どなたか、あそこを照らしていただけますか？」

自分の頭上を指さすミズキ。ヒグマたちが一斉にその先を照らす。

「少し、大きめのくぼみがありますね」

言うとおりだった。

「ああ、ここがその、一年前の追突事故があったところじゃないかい？　先に停まっちゃったほうのカートが跳ね上がって、穴を開けちゃったのさ」

「ミズキ。何か、関係あるのか？　あんなところにカートは隠せないだろう」

ベイカーは訊ねた。ミズキは縁なしメガネをずり上げて少し考えていたが、

「乗っていた針金のロボットさんなら隠れられそうです」

と答えた。たしかに、トラのカートに乗っていたあのユージンというロボットなら体を折ればこのくぼみには入るかもしれない。

「だが、カートはどうする？」

「はい。そうなんですよね」

「それに、あそこに隠れていたって、こいつらに見つけられていたはずだろう。闇の中で姿を消すマントでも身に着けていたというのか」

「さあ」と答えながら、ミズキは足元を見下ろした。

「あれ？」

しゃがみこんで何かを拾う。今度はいったい、何をしているのか。

と、そのとき、メリッサのインカムトランシーバーが何かを受信した。

「はい。はい。わかりました。……ベイカーさん、ミズキさん。シニョーレ・ニコラのお昼寝の時間が終わりました。ご案内いたします。《ピープ・クラブ》へ」

ベイカーの推理が外れたことなどどうでもいいというように、両手を膝の前に重ね、メリッサは丁寧にお辞儀をした。

7.

卵から出たばかりのひよこが、草原を追いかけっこしているという構図の、可愛らしい壁紙だった。マドレーヌのような香りの立ち込める、乳白色の優しい光に包まれたその空間には、ソファーとゆりかごがセットになった席が七つほどあった。シニョーレ・ニコラの部屋にあったものより大きな象足ポーターが哺乳瓶を載せて、そこらをせわしなく動き回っている。

「お兄さん、渋《しぶ》いわ。私、渋い人好きよ」

ベイカーの座っているすぐ右脇のゆりかごの中から、エイミーという名のモックベイビーが話しかけてくる。シニョーレ・ニコラの経営する、《ピープ・クラブ》という名のこの店では、赤ん坊人形がホステス代わりということだった。

「もしよかったら、私のこと、抱っこしてくれないかしら？」

生後三ヵ月仕様にしては、弁が立つ。プラスチックの黒い目がぱっちりとベイカーを捉えている。

「遠慮しておく」

「まあ、首の据わっていない女には興味がないっていうの？　私、泣いちゃうから」

「ベイカーさん、抱っこしてあげてください」

正面に座っているメリッサが、無表情のまま言う。

ミズキのほうを見ると、彼女は別のモックベイビーのおむつを替えるのに四苦八苦していた。……まったく、人見知りに見えてすぐに適応する小娘だ。ベイカーは仕方なく、ゆりかごに手をいれ、エイミーを抱き上げた。首がくいっと下がってしまった。

「はわ、はわわ。ベイカーさんたら」

慌てて、首を抱き上げた。今度は足のほうがだらりと下がってしまう。

「はわ、そんな風に乱暴に扱われると……」

ほびゃあ、ほびゃあ！　ついにエイミーは泣き出した。きちんと抱くことが出来なければセンサーが反応して泣き出すという機能は、しっかりと生きているようだった。

「お貸しください」

メリッサが冷静に立ち上がり、ベイカーの手からエイミーを受け取る。どこかから取り出したおしゃぶりをくわえさせると、エイミーはちゅくちゅく吸いながら目を閉じた。人工的な涙が頬を伝っていた。

「ベイカーさんは赤ちゃんを抱っこしたことがないのですか」

「機会がなくてな。アンドロイドのくせにうまいじゃないか」

「私はもともと、保育園《キンダーガーテン》での手伝いを目的として作られたのです」

「それは意外だな。子どもの世話というのは笑わないアンドロイドにもできるのか」

「むしろ余計な愛情を子どもに抱かせ、本当の両親の子育てを邪魔してはいけないという配慮があるのでしょう。感情とは、窮屈なものです」

ふっ、と、その無表情な顔に影が差したように見えた。高級よだれかけの上の、三角形の安っぽいペンダントトップが光った気がした。

「外の世界ではいろいろありまして。バッバ・シティでの生活のほうが気に入っています。シニョーレ・ニコラのお手伝いは充実しています。これも、私がオリジナルを参考に造ったのです」

メリッサは足元を通り抜けていく象足ポーターを見る。

「大きいサイズのほうが便利だと思いましたのでね」

これまた、意外な特技だった。ファーファァーボーイがやってきた。

「ベイカー様、ミズキ様。シニョーレ・ニコラがおつきになりました。VIPルームでお待ちです」

ファーファァーボーイは店の奥を指差す。店の奥の水玉模様のかたつむりの殻が真ん中からぱっくりと割れ、ピンク色の廊下へと続く入り口が現れていた。

「どうぞお先にお二人で」

エイミーを揺らしながら、メリッサは言った。

「私はこの子を寝かしつけてから向かいますから」

廊下を抜けたそこは、屋敷で食事をとった部屋の二倍ほどもある、円形の広い部屋だった。照明は目に優しい柔らかいオレンジ色。部屋のあちこちには、ショートケーキやカヌレ、モンブランなど、ケーキを模《も》して作られたクッションがある。入り口の対面には、コミカルな顔立ちをした大きな恐竜の像が立ち、真っ赤な口を開けて笑っているように見えた。恐竜の左右には等間隔に六個ずつ、ストライプ柄の箱が設置され、中からぬいぐるみたちが顔を出していた。赤ん坊に与えるには贅沢《ぜいたく》すぎる部屋だ。

「やあ、シニョーレ・ベイカー」

ショートケーキのクッションの傍《かたわ》らの、電動ゆりかごに揺られながら、シニョーレ・ニコラは声をかけてきた。

「いい夢は見られたか？」

「あいにく、ＡＩが夢を見るのはＳＦの世界だけの話でね。それより申し訳ないが、君たちの他に、私に客人があるそうだ。ついでだからここで会おうと思うが、いいだろうね」

ベイカーの答えを待たず背後の恐竜の像がガヴォ！　と吠《ほ》えた。ミズキが体を震わせる。恐竜の腹のあたりにぽっかり穴が開いたかと思うと、二つの人影が吐き出され、シフォンケーキの上にバウンドした。

「わっ！」「きゃっ！」

「あれ」

ミズキが反応した。シフォンケーキの上にいるのは、ジュジュエルとマテウスだった。

「ありゃあ、ベイカーさんにミズキさん」

逆《さか》さになったまま、マテウスが間抜けな声をあげた。

「な、なぜこんなところにいるのです？」

「シニョーレ・ニコラに呼ばれたんだ。お前たちはなんだ？」

「相変わらず、鳥商人殺しの捜査ですよっ！」

ぴょこんとシフォンケーキから飛び降り、乱れた金髪を両手で整えるジュジュエル。

「おやおや、知り合いだったのか」

ゆりかごの中のシニョーレ・ニコラは、ガラガラを振りながらニコニコしている。

「シニョーレ・ニコラ。ご存じですね。このラツァロという男を」

マテウスはぴょこりとシフォンケーキから飛び降り、ゆりかごの前でぴたりと止まると、取り出した端末を赤ん坊に見せた。

「ん？　いや、覚えがないな」

「ペカノの鳥商人ですよ。あなたに、相当恨みを持っていたことがわかりました」

マテウスによれば、殺されたラツァロはかつて、ペカノの百貨店に電子ハトを百羽《わ》単位で卸していたらしい。催し物などで、一度に飛ばすためのものだ。ところが一年ほど前、シニョーレ・ニコラの傘下にあるリーソン商会という会社がその仕事をすべて奪ってしまった。同じ値段でさらに性能のいい電子ハトを提供することができたというのが理由だそうだ。

「**ばあ！**　思い出したよ。彼もかなりの技術を持っていたがね。**ばあ！**」

シニョーレ・ニコラが合図をすると、どこからか象足ポーターがてくてくとやってきた。トレイの上には、積み木や電車などが入ったおもちゃ箱が載せられていた。

「その箱の中に少し汚れた電子ハトが入っているだろう。それがそのラツァロという鳥商人のものだ」

マテウスはおもちゃ箱の中に手を入れると、一羽の電子ハトを取り出した。

「伝導効率はなかなかだが、帰巣プログラムが施されておらず、飛んでいったら飛びっぱなしだ。百貨店としては何度も使いまわしできる帰巣プログラムつき電子ハトのほうが、多少高い金を払ってでも手に入れたいと思うのが当たり前だろう。私はそこに目をつけたんだ」

シニョーレ・ニコラは実業家の声で語ると、ファーファファーボーイに何やら合図をした。ファーファファーボーイは一度退室すると、青い光を放つライトを持ってきた。

「しかし、その、ラツァロという男のハトには、面白い機能がついていてね。見せてやりなさい」

ファーファファーボーイはライトでハトを照らす。一瞬にして、ハトは真っ黒になった。

「な、なんですか、これは」

「な、なんですか、これは」

ミズキとマテウスが声をそろえる。

「紫外線を当てると、羽の色が変わり、これで紫外線量がわかるというのだ。日焼けを気にするご婦人向けにつけた機能なのか、わからんがね。ラツァロという男もこれくらいの技術を持っていたのだから、帰巣プログラムなどお手の物だったはずなのだが、まあ、帰ってきたら次のハトが売れないという事情があったのだろう。技術の上にあぐらをかいてサービス精神を忘れるようでは、顧客の気持ちは離れていくばかりだろう」

ぶー。シニョーレ・ニコラはしかめ面で唇《くちびる》を震わせた。

「そんなことはどうでもいいのです！」

ジュジュエルがつかつかとゆりかごに近づいていく。

「シニョーレ・ニコラ、あなたが部下を差し向けて、ラツァロを殺害したのではないですか？」

「ぶー。人聞きの悪いことを言う天使《エンジェル》がいたものだ。私のほうが狙われるなら話もわかるが、なぜ私が彼を殺さなければならない？」

「一年前の報復です」

「一年前と言われても何のことか。このとおり、永遠の生後五ヵ月なものでね」

「レース中の追突事故ですよっ！」

ジュジュエルは地団太を踏みながら叫んだ。

「一年前、あなたのサーキットで、一台のアニマルカートがトンネルの中で突然停まり、中止になったレースがあったでしょう。あれは、ラツァロさんがやったことなのですよね」

「なんと、そうなのか……」

ベイカーも驚いたが、シニョーレ・ニコラも初耳のようだった。

「ラツァロさんがいきつけのバーのマスターに自分がやったと漏らしていたそうです。他にも何人かからそういう証言を……シニョーレ・ニコラ、本当にご存じなかったのですか？」

マテウスの質問に、シニョーレ・ニコラはガラガラを勢いよく振った。

「このベルベットのよだれかけに誓って、知らなかった。ただの事故だと思っていた」

ジュジュエルとマテウスは顔を見合わせ、唇を噛んだ。二人の捜査は振り出しに戻ってしまったということだ。

「本来ならラツァロ本人に問いただしたいところだが、死んだのではしょうがない。その件はいいとしよう。さあ、用事が終わったらさっさと帰ってくれ。私は、この二人と話があるのでな」

さっきベイカーたちが入ってきた入り口が自動的に開く。ジュジュエルとマテウスはとぼとぼとそちらのほうへ向かう。

「誰か、ウェットティッシュ、持ってないですか？」

そのとき、とぼけた声がした。帰ろうとしていた二人が足を止める。ミズキが、おもちゃ箱を載せた象足ポーターのそばにしゃがみ込んでいた。

「何だ、ミズキ」

「ここ、何か泥みたいなのがついているんですよ。かわいそうで」

象足ポーターの一部を指さした。茶色い泥が跳ねていた。

「俺、持ってますよ」

マテウスが近づいてきて、ウェットティッシュを取り出し、「俺が拭きますよ」と拭きはじめた。シニョーレ・ニコラも何も言わずにそれを見ていた。

「あれー、これ、落ちませんね」

マテウスがむきになってこすると、象足ポーターはムズ痒《がゆ》そうにガチャガチャと逃げ出した。

「あっ、待て」

追いかけるマテウス。ポーターの上からおもちゃ箱が落ち、中身がぶちまけられる。

「あーあー、散らかして」「何をやっているんだ」

ミズキとベイカーはしゃがみこみ、そのおもちゃを箱の中に戻しはじめた。積み木、車、ひよこ、ボール……いずれも、赤ん坊用のものだ。……と、ミズキがあるものを手に取って、じっと眺めはじめた。ラツァロの電子ハトだった。ミズキは右手を頬に持っていき、つねるようなしぐさをした。ベイカーは悟った。……また、何かに気づいたのだ。

「どうしたのだ、シニョーラ・ミズキ」

シニョーレ・ニコラが声をかけるが、ミズキは答えない。考えこみはじめるといつもこうだ。と、不意に頬から手を離し、顔を上げた。

「マテウスさん!」

突然呼ばれたマテウスは、象足ポーターを追いかけるのをぴたりとやめ、ミズキのほうを見た。

「ラツァロさんは、車を持っていましたか?」

「え……ええ。荷台に大きな鳥かごが据え付けられたトラックを。死体が発見された川の近くに停められていました」

「なるほど……ジュジュエルさん」

今度は天使の名を呼んだ。

「何ですか、まったく」

すでに帰る気満々だったのだろう、ジュジュエルは腕を組み、訝《いぶか》しげにミズキを睨みつけている。

「ラツァロさんが発見されたあたりの川底を、詳しく調べてみてもらえます?」

「なんで私があなたの命令に従わなければならないのですか?」

「シニョーレ・ニコラの捜しているものが見つかるかもしれません。それに、ラツァロさんの死の真相も……」

だん、だん、と足を踏み鳴らすジュジュエル。

「聞きません! あなたのいうことは、聞きません!」

「シニョーラ・ジュジュエル。私からもお願いしよう」

ゆりかごの上の赤ん坊が、威厳《いげん》のある声でミズキに助け舟を出す。

「なぜですか、シニョーレ・ニコラ」

「どうやら私は、このミズキというレディーを、いたく気に入ってしまったようだ」

ジュジュエルの顔が、見る間に怒りで歪んでいく。

「私は全然気に入りません！」

きゃは、と赤ん坊は笑った。

「実はおたくの上司から頼みごとをされている。《天使の花園《エンジェルズ・オフィス》》のメインホールのシャンデリアが古くなってしまったから、できるだけ安く交換したいと。もし私の捜し物を見つけてくれたら、無償で極上のシャンデリアを進呈《しんてい》しようじゃないか」

ジュジュエルは悔しそうにミズキとシニョーレ・ニコラ、そしてベイカーの顔を見比べている。

「天使に光を授ける栄誉など、そうあることじゃない。**きゃは、きゃは**」

「っくぅー……、気に入りません！」

ジュジュエルはくるりと回れ右をすると、

「マテウスさん、ウェットスーツの用意をします！」

そして、マテウスを引き連れ、「気に入りません！　気に入りません！」と言いながら去っていった。

「ありがとうございます。シニョーレ・ニコラ」

「礼には及ばない。他に何かできることがあるか」

「はい。問題のレースに参加していた、ユージンさん以外のカートの乗り手のロボットさんたちを呼び出してほしいんです。できれば、あの、アニマルカートの車庫で」

「わかった。メリッサに頼もう」

ベイカーはまったく彼女が何を考えているのかわからないが、それはいつものことだった。

8.

第五コーナー近くの倉庫前にアニマルカートの乗り手のロボットたち十数体がそろったのは、午後六時を回った頃だった。あたりはすっかり暗い。シニョーレ・ニコラは寒くなると風邪引き機能が作動することがあると《ピープ・クラブ》から出てこなかった。同行してくれているのは、やはり、アンドロイド秘書のメリッサだ。

「なんだなんだ」「どうしたってんだ」「メリッサさん、こいつはどういうことだ」

乗り手たちは口々に騒いでいた。ユージンのような針金状のものもいれば、ねずみ型玩具、オコジョ型玩具などもいる。一様に、体が小さく軽い玩具たちだった。

「静かにしてくれ」

ベイカーは声を張り上げた。

「俺たちは、シニョーレ・ニコラの頼みで、ユージンとトラのカートの行方を探している。あの日のレース中、トラのカートが消えたことについて知っているものはいないか？」

「ユージンってミ、あいつミ、レースをミ、やめたがっていたじゃないか、ミミミ」

オコジョが口を開いた。

「やめたがっていた？　詳しく聞かせてくれるか」

「友だちのミ、ロニーが池に落ちてミ、ショートしてミ、さよならしたミ。それを見てビビってミ、レースをやめたいって言ってたミ。でも、シニョーレ・ニコラとのミ、契約が残ってるとかミ、ミミミ」

ロニー……半年前にハンドル操作を誤って池に落ちたハリネズミ型玩具だ。どうも今日は、洞窟トンネル内の事故のことと共にこの落水事故のこともよく聞く。

「ロニーとユージンは友だちだったのか」

「そうだミ。ロニーは外ではアニマルバンドのギターを担当していたとかでミ、言葉も運転も荒っぽかったミ」

オコジョは続ける。

「そんなやつなもんでミ、俺たちは敬遠してたけれど、ユージンだけは仲良くしてたミ」

「ユージンが自ら姿を消し、ロニーの復讐のためにレースの評判を落とそうとしたということは考えられるだろうか」

「いやー、どうだろうミ。そんな大それたこと、一人でできるかミ」

たしかに。それに、カート消失の謎は依然残ったままだ。ベイカーは質問を変えることにした。

「レース当日、ユージンのそばを走っていた者はいないか？」

「4番のトラはあの日、おいらの前を走っていた」

ペタペタとベイカーの前に現れたのは、アメンボのような形をした鉄製の玩具だった。四本のアームの先は吸盤になっており、アームが交差する中央部には汚れたモップが取り付けてある。ビルの窓拭き用に造られた玩具だろう。

「いつ見失ったんだ？」

「三周目の第二コーナーを曲がったあたりだ。ものすごいスピードで離しにかかって、林の中で見失った」

やはり、林か洞窟トンネルで消えたのだろうか。ベイカーは考えながらミズキのほうを見る。

「ミズキ、こいつらに訊きたいことがあるんだろう？」

「はい。でもその前に、このシャッターを開けていただきたく思います」

「それなら、私が」

メリッサが音もなく壁のキー解除システムに手を伸ばし、暗証番号を打ち込んだ。早くてわからなかったが、八桁《けた》くらいあった。シャッターが開いていく。

「このシャッターは、ここにいるみなさんなら誰でも開けられるんですか？」

「いいえ」

ミズキの質問にメリッサは答えた。

「一年前の洞窟トンネル内の追突事故以来、このセキュリティ機能をつけたのです。また誰かが忍び込んでアニマルカートに細工でもしたら大変ですから。乗り手は誰も、この暗証番号を知らないはずです。知っているのは一部の係の者だけです」

ミズキは満足そうにうなずく。シャッターが開ききり、自動的に蛍光灯がついた。アニマルカートたちがずらりと並んでいる。

「みなさん、ご自分のカートに乗ってください」

ミズキの号令で、ロボットたちは動き出した。それぞれのカートに、それぞれのロボットが乗る。ミズキはその中の、ブタ型カートに近づいた。乗っているのは、さっきのアメンボ型の窓拭きロボットだった。

「この袋はなんですか？」

カートの脇に、巾着《きんちゃく》袋のようなものが縫いつけてある。

「カラーボール入れさ」

「ああ、他のアニマルカートを邪魔するためのボールですね。あの日、あなたはそのボールを誰かに投げつけましたか？」

「ユージンが引き離しにかかったときに。だがおいらのこの吸盤の手じゃ、うまく投げられなくてな、やつのトラ型カートの後ろ足にちょっと当たって弾《はじ》けちまった」

「ありがとうございます。素敵です。それから、あなた」

ミズキは、カニのアニマルカートにまたがったオコジョのほうを向いていた。

「半年前に落水したハリネズミのロニーさんなんですが、レースをするようになってからもギターは弾《ひ》いていましたか？」

オコジョは不意を突かれてきょとんとしていたが、「ええと……」と答えた。

「落水する少し前から弾いてなかったミ。ギターを弾くのに大事な何かを誰かにあげてしまったとか」

ミズキはぱちんと手を叩くと嬉しそうにベイカーのほうを振り返った。スキップでもしそうな足取りでベイカーに近づいてくる。

「どうしたんだ」

「完璧《かんぺき》です。あとは、ジュジュエルさんが問題のものを見つけてくれさえすれば」

夜のディストリクト・マルパテは驚くほどに静かでまるで、博物館の中を走っているかのようだった。道の両脇の白い建物は闇の中でも光っているようだった。大通りに車はなく、ベイカーはゆっくりとバンを進めながら、助手席のミズキの話に耳を傾けていた。

「……まさか」

すべてを聞き終えたベイカーの口からは、その言葉しか出なかった。

ミズキの推理はたしかに筋が通っている。だが、本当にアニマルカートがそんな形で消えたのか……。そして、犯行を行ったのは……。

「動機はなんだ?」

「わかりません。でも、物的証拠も揃っています」

それは、ミズキが洞窟トンネルの中で拾っていたあるものだった。「物的証拠」という言葉に、ベイカーは今さらながらに、このセーラー服の少女が弁護士の娘であることを思い出していた。しかし、どうもベイカーには納得できないような気がしていた。

「明日、もう一度、シニョーレ・ニコラのところへ行き、真相を語ります」

「……ああ」

気乗りしないながらも、ベイカーが答えたそのとき、ピシッ、と軽い音がした。

「ん？」

バックミラーを見て驚いた。リアガラスにクモの巣のようなひびが入っている。ピシッ、ピシッと、次から次へと何かが当たっている。サイドミラーに目を移す。何かが、ものすごいスピードでバンを追っていた。

コアラ型アニマルカートだった。黒いマントと黒い頭巾《ずきん》を身に着けた人影のようなものが乗っている。マントの中からこちらに向けて銃身が覗いており、続けざまに弾が発射されている。

アクセルを踏むが、コアラ型カートのスピードもすごい。このままでは追いつかれる、と思ったそのとき、ついにリアガラスが割れた。

「きゃあ！」

「伏せろ！」

ベイカーは右手でミズキの頭を抑えた。弾は車内に入ってくる。

「このままでは……」

ベイカーはアクセルを緩《ゆる》め、スピードを落とす。コアラ型カートが近づいてくる。車間距離が短くなったところで、急ブレーキを踏んだ。シートベルトが胸に沈み込み、肺に圧力がかかる。カエルが絞め殺されるような音が口からもれると同時に、バンは停まる。コアラ型カートが追突するのがわかった。

「ぐう……」

黒いマントのうなり声が聞こえた。銃を落としてしまったようだ。ベイカーはバックギアに入れ、思い切りアクセルを踏む。

「ぐぐぐっ！」

バックするバンに、コアラ型カートは押されていく。右にステアリングを切り、歩道に植えられた人工ユーカリに激突させた。コアラはバンと木に挟まれた状態だ。

「こいつっ！」

ベイカーはドアを開けて外へ降りた。二度の衝撃で、意外と頭がくらくらしていた。コアラ型カートから転げ落ちた黒マントは、逃げていった。その駆け足は速く、追いつけないだろうことは明白だ。

「べ、ベイカーさん……」

車内では、ミズキが胸を押さえ、咳《せ》き込んでいた。

「大丈夫か？」

「だ、大丈夫です。敵は？　カートは？　この車は？」

人工ユーカリの根元で、コアラの首はもげ、胴体はひしゃげていた。ベイカーのバンは、凹《へこ》んでしまったが、運転には差し支えのない状態だった。

「大丈夫だ。それよりミズキ、確信したぞ。襲ってきたということは、お前の推理が正しいということだ」

ミズキは呼吸を整え、縁なしメガネを少しずりあげると、ベイカーに向けて左手の親指を立ててみせた。

——ビッグ・リバーの底から、ボロボロになったトラ型アニマルカートが引き上げられたという報《しら》せがもたらされたのは、それから一時間後のことだった。ベイカーとミズキが《ブラック・ベイカリー》まで帰ってきたところ、ジュジュエルが店の前で腕を組んで待っていたのだった。

9.

コロコロサーキット、第三コーナーと第四コーナーのあいだの洞窟トンネルは、黄緑色の光で満たされている。天使の輪の機能の一つである、ライトアップ機能である。

協力を要請されたジュジュエルは、朝から「なんで私が……」と悔しがってはいたものの、今回の解決には協力してくれる様子だった。

ベイカーとミズキは、先ほど、ジュジュエルの運転する《天使の花園《エンジェルズ・オフィス》》の車にて、このサーキットへやってきた。同行しているのはマテウスと、まるまるした体型のセーターの男だった。昨晩のうちに発見されたトラのアニマルカートをシニョーレ・ニコラのもとへ運んでいたジュジュエルによって話は通されており、天使の車はコロコロサーキットに乗り入れ、第五コーナーから進行方向を逆走し、洞窟の前に停車した。一同は洞窟の中に入り、準備をしているところだった。

「わあ、こりゃすごい、本当にできちゃった！」

はしゃぐマテウスは、昨日とは違ってシルバーの三つ揃いに身を包んでいた。解決編のときはこの衣装と決めているんですといきまいていた。うっとうしいやつだ。

「こんなもんで、大丈夫でしょうか？」

セーターの男がベイカーの顔を見て尋ねる。

「ああ」

「完璧です」

ミズキも満足そうだった。一同が歩いて洞窟を出ると、向こうからファーファーボーイに押されてベビーカーがやってきた。そばには紺色の服に身を包んだ、黒髪の女性アンドロイドもいる。

「おはよう、みなさん。お待たせしたかな」

黄金のガラガラを振りながら、シニョーレ・ニコラは挨拶をした。

「今、準備が終わったところだ」

「シニョーレ・ニコラ。アニマルカート、残念な結果になってしまいました。お悔《く》やみを申し上げます」

「ぶぶぶぶぶー。最悪の結果だ。しかし、シニョーレ・ベイカー、そしてシニョーラ・ミズキ。二人は明らかにしてくれると信じている。この奇妙な事件の真相と、憎き犯罪玩具を。そのために、わが最良の友、リーソンを紹介したのだからな」

セーターの男――リーソンがかるくうなずいた。

「はい、それでは」

ミズキはそう言って、ベイカーの顔を見た。ジュジュエル、マテウス、リーソン、ファーファーボーイに七体のヒグマ。すべての人間の目とすべての玩具のカメラが、ベイカーに向けられている。真相を明らかにしたのはほぼミズキといっていいのだが、謎解きをするのは自分だと言われているようだった。

「すべてのはじまりは、シニョーレ・ニコラの命を受けたリーソンが、ラツァロから電子ハトのシェアを奪ったことだった」

「ほう」

生後五ヵ月の目がベイカーを見つめている。

「ラツァロはお前を恨み、このコロコロサーキットのレースを台無しにする計画を実行した。一年前の追突事故だ」

「ああ。あれはこのサーキットの評判を落とした」

「しかし、評判は復活し、ラツァロは再び、悶々《もんもん》とする日々を送っていたはずだ。なんとか、このサーキットの評判を永遠に落とすことはできないか……と。そんな折、ラツァロに声をかけてきた者がいた。同じくこのサーキットの評判を落としたいと考えていたそいつは、レース中に乗り手とアニマルカートが忽然と姿を消すという事件を起こす計画を立てた。その実行には、どうしてもラツァロの協力が必要だった」

「どういうことかな」

「ラツァロは事件を起こす前日、トラックで第五コーナー近くの倉庫に乗り入れ、トラ型アニマルカートを盗み出し、別のカートにすり替えておいたんだ」

ヒグマたちのあいだからざわめきが上がる。

「ま、待ってくれよお。そんなこと……」

「口を挟むな、ベア1」

シニョーレ・ニコラが止めた。

「面白いじゃないか。**はきゃ、はきゃ。**話を最後まで聞こうじゃないか。続けてくれ、シニョーレ・ベイカー」

「レース当日、ユージンはラツァロのすり替えた偽のカートで出走する。そして、三周目、洞窟の中で消えたんだ」

「準備は万端です。こちらをご覧ください」

ミズキが洞窟の中を指さす。

「ジュジュエルさん、照明をお願いします」

「言っときますけど、私、あなたの助手じゃないですからね。バッバ・シティの悪徳玩具を取り締まる、権天使ですからね。誰にでもできる仕事じゃ……」

「いいからジュジュエルさん」

ぐちぐち言い出す天使の羽の生えた背中を、マテウスが洞窟の中へと押していった。盛大な舌打ちとともに、洞窟の中は黄緑色の光に覆われた。背後で見ていた玩具たちがおお、とざわめきの音声を発した。洞窟の中ほどに、トラ型アニマルカートが一台、置いてあるのだ。

「なんということだ。あれは、川に沈められたはずだ。私は昨日、確認した」

「あそこに見えるのは偽物のカートです。よく見ておいてくださいね」

ミズキは言うと、リーソンの顔を見上げた。

「お願いします」

リーソンは「あいよ」とズボンのポケットから小さいリモコンを出し、ボタンを押した。とたんに、ばさばさっという羽音が響き渡り、アニマルカートが無数の黒い粒に崩壊した。黒い粒はしばらく洞窟内を飛び回っていたが、やがて天井に落ち着いていった。あとに残されたのは、頼りない足の骨組みだけだ。

「なんだ、これは……」

シニョーレ・ニコラはおしゃぶりも忘れて見入っていた。

「アニマルカートだと思われていたのは、無数の電子鳥の集合体だったんだ」

ベイカーは告げる。

「トラの模様は黄色の鳥と黒い鳥、鼻には赤い鳥。それらが固まってアニマルカートを形作っていたんだ。洞窟の中に入ったときに飛び立たせ、消えたように見せる。電子鳥の技術者だったラツァロにはこれくらいのことをプログラムするのはお手の物だったはずだ」

「し、しかし……」

シニョーレ・ニコラは言った。

「いくら電子鳥を集めたからと言って、アニマルカートと同じスピードを出せるほどの動力はないだろう」

「それを可能にしたのが、象足ポーターだ。《ピープ・クラブ》で哺乳瓶やおむつやおもちゃ箱を運んでいた大きいサイズのものがあっただろう。あれを二つ前足と後ろ足とし、その周囲に鳥を固めて止まらせておいた。オリジナルの象足ポーターは、お前を載せてパナセダ大学からバッバ・シティまで逃げてくるくらいの脚力はあったのだろう」

「たしかに、そうだが……」

「都合のいいことに、象足ポーターは折り畳み機能もついている。鳥が飛び立ったあとに、スイッチを押せばいいんだ」

「誰が押したというのだ?」

「ユージンだ」

ぶー。ベイカーの答えに、シニョーレ・ニコラは顔をしかめた。

「洞窟の中でニセカートを停めたユージンは電子鳥たちを飛び立たせ、象足ポーターを畳み、自らは一年前の追突事故のときにできたくぼみの中に身を潜める。電子鳥たちはそのくぼみを塞《ふさ》ぐようにひしめき合った。暗闇の中では、注意しなければ電子コウモリも電子鳥も区別がつかないだろう。ラツァロはそこまで計算して、一羽一羽の電子鳥にプログラムを組んだんだ」

「ま、待ってくれよお……」

ベア1がべそをかくような声をあげる。

「おらたちはあの日、洞窟の中を調べた。確かに天井のコウモリたちに注意は払わなかったけどさ、ライトをつけていたんだから、黄色い鳥だったら、さすがに気づくよお」

そうだそうだと、ヒグマたちは騒ぎ出す。

「ライトに、秘密のうちに紫外線発生装置が取り付けられていたとしたら?」

「ええ?」

「ラツァロは紫外線によって色が変わる電子鳥の技術を持っている。お前たちのライトから発せられる紫外線で黄色い鳥は黒くなってしまい、コウモリに紛《まぎ》れて見えなくなってしまったんだ……」

「信じられん、信じられん」

ガラガラを振るシニョーレ・ニコラ。

「そんなマジックみたいなことが起きた証拠はあるのか?」

「昨日、洞窟トンネルの中で、これを見つけました」

ミズキがスカートのポケットからビニール袋を出す。中には、デニッシュ生地のパン屑が入っていた。レーズンがついている。

「なんだそれは?」

「パン・オ・レザンです。この街でレーズンを手に入れるのは困難を極めますから、これはうちの店のものだと考えて間違いないでしょう」

ミズキはベイカーの店を「うちの店」と言った。

「ラツァロさん、事件の前日、店にやってきていて、そのとき赤い電子インコがこれをついばんでしまったんです。あのインコ、その後、きっとトラの赤い鼻の部分を担当したんですよ。電子鳥にパンの消化はできません。ユージンさんが飛び立たせたとき、これを吐き出してしまったんじゃないでしょうか」

シニョーレ・ニコラは言葉を失っていた。

「それともう一つ。昨日、《ピープ・クラブ》でおもちゃ箱を運んでいた象足ポーターには取れない泥のようなものがついていましたよね。あれ、レース当日に投げつけられたカラーボールの液体だったんじゃないかと思います」

「なるほどッ！」と、即座に手を打ったのはマテウスだが、

「……ところで、カラーボールって何のことです？」

とジュジュエルの顔を見た。全員が、その男を無視した。

「パン屑も、象足ポーターについた液体も、あとでジュジュエルさんが、《セラフィムの瞳》の方たちに頼んで照合してくれます」

「何を勝手に、このっ！」

「**ばあ、ばあ、**ちょっと待て」

怒り出すジュジュエルにかぶせるようにシニョーレ・ニコラが唾を飛ばす。

「それじゃあ、ラツァロとユージン、二人三脚の犯行か」

「いいや」

ベイカーは首を振った。

「主犯が他にいるんだ。いくら電子鳥を黒くしたって、畳まれた象足ポーターは落ちたま

ま。レース中は誰も気づかなかったとしても、あとで捜索されたときには見つかるだろう。隠れたままのユージンや、レース場にいないラツァロには回収は無理だ。ヒグマたちがまだ、林の中で木を引っこ抜いているうちにこれを回収した者。そいつが主犯だ」

捜索に参加していないシニョーレ・ニコラはピンときていなかったが、ヒグマたちはざわめき出した。

「ラツァロには、倉庫のシャッターを開けることはできないし、《ピープ・クラブ》から象足ポーターを盗み出し、レース後、もとに戻しておくこともできない。ヒグマたちに先に林の中から捜索を始めるように命じて、そのすきに洞窟の中の象足ポーターを回収しておくことも」

それらがすべてできたのは……と、一同の目とカメラが、ある方向に向けられる。——ベビーカーのすぐ脇で、まるで機能を停止してしまったかのようにじっとしている、紺色の服のアンドロイド。その右肩から掛けられた、哺乳瓶の描かれたマザーバッグには、畳まれてノートより少し大きいくらいのサイズの象足ポーター二枚なら、簡単に収納できそうだった。

「私はシニョーレ・ニコラの第一秘書です。なぜ私がレース興行を邪魔するようなことをしなければならないのです？」

あくまで無表情のまま、その育児アンドロイドは訊いた。ベイカーはメリッサの首元を指さす。

「昨日、初めて会ったときから気になっていたんだ。よだれかけの上のそのペンダントのトップ。それの正体がやっとわかった。ギターのピックだな」

「シニョーレ・ベイカー。こんなに小さなピックがあるものか」

シニョーレ・ニコラが笑うが、メリッサはじっとしていた。

「ハリネズミのサイズだ。半年前に落水してショートしたロニー。その形見だな」

「メリッサ、まさか……」

シニョーレ・ニコラがその名を呼んだ直後、がしゃんとベビーカーが倒された。シニョーレ・ニコラは路上に投げ出された。

ほぎゃあ、ほぎゃあ！　ほぎゃあ、ほぎゃあ！

火が付いたように泣き出す。あわててその体を抱きかかえるファーファァーボーイ。

そのすきに、メリッサはヒグマたちを押しのけ、黒髪をなびかせて駆け出した。

「待て！」

ベイカーは追いかける。どんどん離されていく。並の人間では出せないほどのスピードだ。昨日コアラ型カートから走り去っていった走り姿に間違いなかった。

「待ちなさーいっ！」

背後から声が聞こえたかと思うと、ベイカーのすぐ脇を黄緑色の輪がすり抜けていった。輪はブーメランのように一度空高く舞い上がり、大きさを広げながら急降下し、メリッサの体を縛り付けるようにすぽりと嵌まった。メリッサは転倒し、勢い余ってごろごろと転げ、第五コーナーで止まった。

「お見事ッ!」

マテウスが歓喜の声をあげるのが聞こえた。ファーファァーボーイと、あやされながらまだ泣いているシニョーレ・ニコラを残し、メリッサの元へと駆け寄っていく。

天使の輪に身動きを封じられたそのアンドロイドは、絹のような黒髪を乱し、その白い顔をアスファルトの上に横たわらせていた。初めて会ったときから変わらぬ、氷のような無表情――その目に、一粒の人工涙が光っていた。

10.

《ピープ・クラブ》のVIPルーム。ベイカーはシフォンケーキのクッションに腰掛け、疲労を感じていた。少し離れたショートケーキのクッションにミズキは腰掛けており、イチゴミルクの哺乳瓶をちゅうちゅうと吸っている。テーブル代わりに置かれた象足ポーターの上には、ベイカーのために用意された哺乳瓶もあるが、甘くて飲めたものではない。

二人の前ではファーファァーボーイが、運んできた液晶ディスプレイの設定をいじっている。何か甘くない飲み物はないのか訊ねようとしていたところ、自動ドアが開いた。

「先ほどは、お見苦しいところをお見せした」

入ってきたベビーカーの中で、シニョーレ・ニコラが半身を起こしていた。おむつ替えと着替えを済ませ、ご機嫌だった。

「それにしても、驚いた。まさか、メリッサが、ロニーと恋仲だったとは」

動機を問いただしたあと、メリッサが告白した事のいきさつは、こうだった。

メリッサはもともと保育を目的として開発された育児アンドロイドだ。人間の子どもへの過剰な愛情は真の両親の育児の妨げになるという理由から、感情をわざと持たないように作られていた彼女は、ウォーク・ヴォーのとある保育園《キンダーガーテン》にて、何不自由なく働いていた。しかしあるとき、そこの園長である男性に気に入られ、園長に恋愛感情を抱くようにプログラムを書き換えられてしまった。そしてそれが園長の妻の知るところとなり、捨てられ、バッバ・シティに流れてきたのである。

保育アンドロイドの彼女が、モックベイビーであるシニョーレ・ニコラの秘書として拾われたのは、ある意味必然だったと言っていいだろう。かつての苦い思いを断ち切るように後付けの感情プログラムを自制し、無表情でシニョーレ・ニコラに仕えてきた。しかし、あるときアニマルカートの乗り手であるハリネズミ型玩具のロニーにそのプログラムが発動してしまった。「言動が粗暴であるロニーは今まで出会ったことのないタイプの玩具であり、それが余計に私のプログラムを刺激したのでしょう」とメリッサは語った。

ともあれロニーも彼女の感情を受け入れた。メリッサはロニーと逢引《あいび》きを続け、危ないからアニマルカートをやめてほしいと願ったが、ロニーがそれを聞き入れることはなかった。せめてロニーが落ちないようにとの考えで、池の周囲には柵を……と、シニョーレ・ニコラに進言したが、これも聞き入れられることはなく、結局、ロニーは池に落ちて再生不可能になってしまったのだ。二度と動き出すことのないハリネズミの置き物と化してしまったロニーを見て、メリッサの中に悲しみと憎しみのプログラムが作動した。ロニーのポケットからピックを取り出した彼女は、それをペンダントに変え誓ったのだ。レース場を閉鎖に追い込むと。

ロニーとは外の世界からの仲だったユージンが事故のあとレースを辞めたがっていると聞いたメリッサは、さらにシニョーレ・ニコラを憎む鳥商人のラツァロを引き入れ、今回のことを計画し、実行に移した。計画終了後、ユージンにはディストリクト・マルパテを離れるように言い、何でも人にしゃべりたがるラツァロは口封じのために殺害した。

メリッサは、ジュジュエルとマテウスに連行されていった。バッバ・シティ内で起きた事件なので、BIG-BOXで裁判にかけられるだろうということだ。ユージンの行方も探すとジュジュエルは言っていたが、外に出れば捕獲され次第スクラップにされてしまう廃棄玩具、バッバ・シティ内に潜伏していることは間違いなく、天使の捜査網をもってすれば、見つかるのも時間の問題だろう。

「メリッサのことは疑いもしなかった」

ため息をつくように、シニョーレ・ニコラは言う。

「まさに、死角だったというわけだ。……それにしても、メリッサを使っていた園長というやつの気が知れない。自分で感情をプログラムした相手との恋愛の、何が嬉しいのか。思い通りにならない相手を振り向かせるから達成感があるはずだ。そう思わないか、シニョーレ・ベイカー」

ませた生後五ヵ月もいたものだ。ベイカーは、「さあな」とだけ答えた。

「まあいい。二人が私の要求を満たしてくれたことは間違いない」

はきゃあ、と、シニョーレ・ニコラは一声笑うと、

「どれくらい前だったか、一人のスーツ姿の男性の訪問を受けたことがあった。その男は弁護士をしているシンヤと名乗った」

ミズキがはっとした。

「彼は、一台の古いミルク飲み人形を持っていた。ミルク飲み人形にはＡＩは搭載されていなかったが、記憶媒体が搭載されていてね、高度な暗号システムでロックがされていた。そのロックの解除方法を知らないかと訊ねられたんだが、あいにく私はそのミルク飲

み人形を見たこともなかった。モックベイビーである私と同じ類いのものだと、ただそれだけであたりをつけてやってきたみたいでね。**はきゃ、はきゃ**」

「そのまま追い返したのか?」

「それも酷だと思ったので、ある有能なプログラマーを紹介したんだ」

ファーファーボーイが一枚の写真を見せた。赤いチェックのシャツを着て、何かのトロフィーを持っている男だった。頭髪は真っ白だが、顔は若い。

「パーコフといってね、外の世界ではゲームのチャンピオンだったらしい。ディストリクト・F2の《Eチャイカ》という店に出入りしている。私が口利きしてアポを取っておこう」

シニョーレ・ニコラはそう言うと、満足げに人工よだれを垂らした。

CASE 3. ペトリス、落ちた

1.

ミズキが風邪を引いた。

昼までは少し咳《せき》が出ている程度だったが、夕方になって店じまいをする頃にはしきりに洟《はな》をかみ出し、寒気を吹き払うように震えていた。

「おい、やっぱり今日はやめておくか」

「何を言っているんですか。行きま……くしゅん！」

ベイカーにそう答えながらも、大きなくしゃみを一つした。

「ぽもー」

ミズキの足元で、ポモが心配そうにその顔を見上げている。

「顔が青いぞ」

「だ、大丈夫です」

店の入り口の戸につけられているブルーベリー形の鐘が鳴った。入ってきたのは、おなじみの、右手が泡立《あわだ》て器になった海賊の頭目と、がちゃがちゃと腹の中の食器を震わせている手下の食洗器だった。

「何をしに来た?」

「ずいぶんなご挨拶じゃねえか、近くまで来たから様子を見に立ち寄ってやったのよ」

キャプテン・メレンゲはがははと笑う。最近は本当に、用もないのにこうして、ベイカーの店《ブラック・ベイカリー》へやってくるようになった。

ミズキがまた一つ、くしゃみをした。

「どうしたミズキ? 風邪か?」

食洗器が訊ねる。

「大丈夫です。それより、申《もう》し訳《わけ》ないんですが、今日は私とベイカーさんはこのあと、いかなきゃいけないところがあって」

ディストリクト・F2にあるゲーム酒場《Eチャイカ》のことだった。パーコフという名の面会相手は、外の世界でペトリスというゲーム大会で何度も優勝を果たして名を馳《は》せたプログラマーだという。数年前、とある黒い疑惑に巻き込まれて外の世界にいられなくなり、このバッバ・シティに流れてきた。今でもかつての伝手《つて》でバグ処理などの仕事をして細々と稼いでいるが、一日のほとんどを酒とゲームに費やしているということだった。

「その人が、父と会ったはずなのです。だから……くしゅん!」

自らの体を抱き、体を震わせるミズキ。メガネがずれている。

「気持ちはわかるが、そんな状態で外に出たんじゃ、風邪が悪化するぞ。バッバ・シティには、まともな医者はいねえ。うちの近くにいるボトスって藪医者《やぶいしゃ》は、傷には木工用ニスを塗るし、腹痛には液体殺虫剤を処方するらしい」

泡立て器ではないほうの手をミズキの肩に置く、キャプテン・メレンゲ。

「悪いことは言わねえ。俺たちが作るジンジャー・ミルクティーを飲んでおとなしく寝てろ。おいドイジー、材料を持ってこい」

「アイアイサー」

紫色の食洗器はがちゃがちゃと食器を鳴らしながら出ていった。

「困ります、キャプテン・メレンゲ。せっかくシニョーレ・ニコラがアポイントメントをとってくれたのに」

「ベイカーが一人で行ってくるさ。な」

キャプテン・メレンゲは勝手に言って、ベイカーのほうを振り返る。

「心配するな。ミズキの面倒は俺らが責任を持って見ておく」

この玩具を信用していいのだろうか。ベイカーの心とは裏腹に、ポモがキャプテン・メレンゲの足に寄り添った。

「おう。お前の面倒もな」

「ぽもー」

すっかり、キャプテン・メレンゲになついているようだ。ミズキも安心したような表情だ。やれやれ、しかたない。

「すぐに帰ってくる。しっかり寝ていろ」

ベイカーは、エプロンを脱いでミズキに預けた。その夜、とんでもない運命が待ち受けていることを、ベイカーはまだ知る由もなかった。

2.

ディストリクト・F2は、ディゴという特殊強化プラスチック製ブロックで造られたビルが百余りもせせこましく立ち並び、細い路地が入り組んで迷路のようになっている地区だ。《Eチャイカ》は18号棟というビルの一階にあった。木に似せて作ったプラスチックブロックの戸を開くと、中は騒がしかった。弦楽器の音と電子音が入り混じっている。トラックが三台は停められる広さだった。照明は薄暗いオレンジ色、木製のテーブルが十ほど置いてある。向かって右側がカウンターで、酒瓶と、トロフィーらしきものがずらりと並んでいる。左側の壁に設置された暖炉《だんろ》の中で燃えている火は、本物ではなく立体映像《ホログラム》だろう。

人間と玩具が集まって騒いでいるのは、奥だった。三メートルの高さはあろうかという大画面が二つそびえており、ペトリスのゲームが展開されている。五つの正方形が組み合わさった十二種類のブロックがランダムに現れる。それを落としていき、横一列がそろうと消え、その分相手のフィールドに余計なブロックが落とされていく。こうして、画面内の天井までブロックが積みあがってしまったほうが負けというわけだ。

ベイカーはこういうゲームには疎《うと》いが、どちらが優勢かは、素人の目から見ても明らかだった。左の大画面の中は、ブロックが下五段までしか積まれていない。しかも、次々と落ちてくる色とりどりのブロックを器用に重ねては消し、右側の画面に余計な灰色のブロックを落としていく。右側のほうは、もう三段ほどで天井に達してしまうほど、ブロックが積みあがっていた。

優勢なほうのコントローラーを握っているのは、三十手前の青年だった。髪の毛も眉毛《まゆげ》も真っ白で、赤いシャツに黒のチノパンを合わせている。劣勢のほうは背中に《運び屋バイオレット》と書かれたすみれ色の作業着に身を包んだ、四十代の男だった。

ほどなくして、きゅーん、という音がして勝負はついた。

「やっぱりパーコフはちげえ！」「ブロックが吸い込まれていくようだ！」「勝てねえ、勝てねえ！」

人間・玩具関係なく、ギャラリーが騒ぐ。

「ちくしょうめ！」

負けたすみれ色の作業着の男はコントローラーを床に叩きつけた。

「どけどけ！」「パーコフさんは休憩よ！」「うっとうしいぞ、有象無象《うぞうむぞう》どもが！」

ずんぐりした大小五つの木の人形がぴょんぴょんと跳びはねながらギャラリーを押しのける。木の人形たちは五つとも大きさが違う。最大のものはパーコフよりも一回り大きく、最も小さいのは手のひらに載るほどだ。五体とも、ボディから頭にかけて赤やピンクの細かい花が描かれており、手足はばねが仕込まれた細い針金製。顔の部分だけお面のように、表情を作り出すシリコンでできている。全体的に丸いフォルムで、腹にあたる部分に切れ目がある。あそこが開いて、大きい物の中に小さいものが収納できるようになっているようだった。巨大マトリョーシカだった。

「パーコフだな」

カウンターに向かう彼を呼び止めると、男はベイカーのほうを向いた。首に下げたネックレスのチェーンが銀色に光っている。だいぶ赤い顔だった。ずい、と、最も大きなマトリョーシカが丸い体を押し付けてきた。

「なんだあんたは、邪魔するんじゃねえ」

「おいこら、てめえ、おいこら」「やりあうっての？」「凍《い》てつかせてやろうか」

他のマトリョーシカたちも詰め寄ってくるが、そろって顔が可愛らしくできているので迫力がなかった。小さくなるにつれ、その音声は高くなっている。

「シニョーレ・ニコラから話は聞いているだろう。ベイカーだ」

「おっ」

ぱちんとパーコフは手を打った。

「そうかそうか。そういやそうだった。一勝負しているうちに忘れちまってた。おいお前ら、俺の客だ」

マトリョーシカたちは波が引いていくようにパーコフの後ろに回った。

「ラス、グラスを二つだ」

パーコフは、カウンターの向こうの男に声をかける。男はカウンターの下から、薄汚れたグラスを二つ出した。バーテンダーの衣装を着ているが、首筋に刺青《いれずみ》が入っている。獰猛な目つきのペンギンが、魚をくわえているという珍しいデザインだ。

「ラスは古いゲーム仲間さ。俺はこいつの妹と付き合っていたこともあるんだぜ。まあ、その後俺が外でしくじってバッバ・シティに流れてくることになったんだが、こいつ、俺を追っかけて、この店にいついちまった。まあ、仲間って言っても、ペトリスはだいぶ下手くそだがな」

パーコフは訊いてもいないことをべらべらと喋った。ラスと呼ばれたペンギンタトゥーのバーテンダーはベイカーにちらりと視線を投げたが、すぐに背後の棚を振り返って酒瓶に手を伸ばした。

「おい、パーコフよ」

先ほど負けた《運び屋バイオレット》がやってきた。

「あとでもう一回勝負をしろ」

「ゲイル、今日はもうやらねえよ」

「何だと、こら！」

ゲイルと呼ばれた男はいきなりカウンターの上にあった金属製のトロフィーを掴《つか》み、パーコフに殴りかかった。ベイカーはとっさに二人のあいだに入り、トロフィーを腕で受け止める。思ったよりもずっと衝撃は小さかった。

「ウレタンさ」

パーコフが笑う。

「金属に見えるだろう？　ラスはこういうフェイク加工が得意なんだ」

ふん、と笑い、ベイカーには詫《わ》びの一言もなく、ゲイルはトロフィーをカウンターに戻した。

「おいラス、もっと酔わせろ」

「お前は飲み過ぎだ。明日も仕事だろう。天使に怒られるぞ」

なぜ運送屋が天使《エンジェル》に怒られるのか。ベイカーは気になったが、せっかくけんかがおさまったのに余計なことを言うこともないだろう。

「おいこら、パーコフさんはお客と話があるんだ」「凍てつかせてやろうか」

マトリョーシカたちがゲイルに詰め寄る。ゲイルは「お？　お？」と言いながら、そのまま五体のマトリョーシカたちに追いやられていった。パーコフはラスの出したトレイに酒瓶と缶詰を載せ、くいっと首を動かした。こちらへ来いという合図だった。

カウンターからほど近い位置の席だった。一枚板の古いテーブルに、熊《くま》のような毛皮が敷かれたソファーが向かい合っている。ベイカーとパーコフは向かい合って座る。

「玩具弁護士のシンヤの話だが……」

「ニエット、ニエット、ニエット。まずは一杯だ」

パーコフは酒瓶のキャップを取り、二つのグラスに注ぎ入れる。かなりの酒がテーブルの上にこぼれた。

「俺は酒を飲みに来たわけじゃない」

「よく聞けパン屋。俺の親父《おやじ》は武術《サンボ》の使い手で、ガキの頃は厳しく仕込まれたもんだ。さっきのゲイルの攻撃だって、あんたに守られなくても大丈夫だったんだ」

「何の話だ」

「俺は親父を尊敬していた。そして俺が八歳になったその日、親父は俺にこう言った」

赤い顔のそのプログラマーは、ベイカーを睨みつけた。

「そもそも人間なんてのは冷たくできてる。だから酒を呷《あお》って胸ん中を熱くする必要がある。酒を飲まねえ人間を信用するんじゃねえ。しらふの人間の話すことになんか、トナカイのフンほども価値がねえ」

楕円形《だえん》の缶詰を、強引に開けるパーコフ。

「親父はその年のクリスマス、隣の家の四歳の女の子にプレゼントをあげるんだとサンタの恰好《かっこう》をしてな、煙突から燃える暖炉の中に落っこちて死んだ。酔っぱらっていて煙が見えなかったんだ」

ははは、とパーコフは笑い、缶詰の中身を一本つまみ上げた。燃えるように真っ赤な魚だ。

「アルコールが体に回ってよく燃えた。ジングルベル・レクイエムさ。ははは！」

「それは何だ？」

ベイカーは訊ねた。

「ジョロキアの遺伝子を組み込んだ、爆弾ニシンさ。これをヴォトカにぶち込んで飲むんだ」

パーコフは自分のグラスにその魚を頭から突っ込み、次いでもう一つのグラスにも同じことをしてベイカーに勧めてきた。透明だった酒は、すぐに真っ赤になった。

「さ、乾杯だ」

グラスを掲げるパーコフ。とても飲む気になれなかったが、ミズキの父親の情報のためなら仕方がない。パーコフとグラスを合わせた。パーコフはニシンごと飲み込んだので、ベイカーもそれに倣《なら》う。口の中で「!」が爆《は》ぜた。こちらへやってくるマトリョーシカたちが蜃気楼《しんきろう》のようにゆらぎ、次いで、頭の毛穴という毛穴が沸騰しそうな感覚に見舞われた。喉《のど》に痛みを感じたのはその後だ。胸の中にマグマが広がっていく。

「……たぁっ」

声を出したつもりだが、それだけの発音しかなかった。マトリョーシカがばねの手で胴を叩きながら嬉しそうに囃《はや》し立てるのが、ようやく聞こえてきた。

「やるじゃねえか、ベイカーさんよ。どうだ、胸が熱くなっただろ。それでこそ人間ってもんだ。どれ、もう一杯行こうじゃないか」

グラスに酒を注ぐパーコフ。ベイカーが止めようと手を前に出すと、

「おいこら、おいこら」

一番小さなマトリョーシカがテーブルによじ登ってきて、ベイカーの手を摑んだ。

「もう終わりか、おいこら。パーコフさんを捕まえといて、無礼だろ、おいこら」

こいつ玩具のくせに……と、久しぶりに怒りに似た感情が沸き上がってきた。しかしただ声を張り上げただけでは、人間としてのプライドが許さない。ゆらゆらと陽炎《かげろう》のように揺れる視界。ベイカーはマトリョーシカを振り払うように一度手を高く掲げ、テーブルを

思い切り叩いた。肘《ひじ》までしびれた。大きな音に、パーコフもマトリョーシカも怯《ひる》んだのが分かった。

「パーコフ、勝負しろ」

なぜこんなことを言ったのか、ベイカーにもわからない。わかるのは、頭の中でニシンの辛味と臭気が回っているということだけだった。

「な、何でだ？」

「決まってるだろ」

ベイカーは親指を立て、店の奥の二つの大画面を指した。


——そのあとの時間は渓流を泳ぐニジマスのように早く過ぎ去った。かつて外の世界でチャンピオンと名を馳せたパーコフに、ベイカーが勝てるわけがなかった。あれよあれよという間にベイカーの画面の中には灰色のブロックが積みあがっていき、「ＹＯＵ　ＬＯＳＥ」の文字が浮かび上がるのだった。負けるたびにギャラリーが囃し立て、マトリョーシカどもに爆弾ニシン入りヴォトカの一気飲みを強《し》いられた。パーコフのほうも「胸の熱さ」にこだわり、ベイカーとともに杯を重ねた。

そしてまた、勝負だ。パーコフのほうにあらかじめ灰色のブロックが何段か積み重ねられたハンディキャップが与えられたものの、ベイカーは勝つことができなかった。むしろ手元はどんどんおぼつかなくなってくるので、すぐにブロックが落ちてきてしまう。パーコフのほうはといえば、酒が入れば入るほどゲームの腕は冴えてきているようだった。

「ハラショー！　気に入った！」

何回目かにベイカーの画面の天井にブロックが達したとき、パーコフは叫んでコントローラーを床にたたきつけた。

「ベイカー。歯ブラシと軍艦の区別はつくか？」

おかしな質問だ。ベイカーが考えていると、パーコフは天井を仰いで大笑いした。その顔はさくらんぼのように真っ赤だった。

「いいかベイカー。親父が俺に残した、ありがたい名言だ。『歯ブラシと軍艦の区別がつくうちはまだ、酒が足りねえ』」

——酒を飲むのは、一日を終わらせる一つの方法である。——ベイカーは、まだホワイト・アイ・シティにいた頃に読んだ本の中にあった一節を思い出していた。あれを書いた作家は、歯ブラシと軍艦の区別がつかなくなったことがあるのだろうかと、赤い頭で考えた。

3.

――「おいこら、おいこら」

胸の上で、ずいぶんと高い声がする。

「おいこら、ベイカー、おいこら」

目を開き、口の中がニシン臭いことをベイカーはまず感じた。顔を左に向けると、立方体を組み合わせた、金属でできたブロックが大量に転がっている。ペトリス。その言葉が脳の内側にこびりついていた。

「おいこら、やっと目を覚ましたか」

仰向けになったベイカーの上でぴょこぴょこ跳びはねているのは、一体のマトリョーシカだった。こいつは一番小さい奴で、たしか名前は……、

「アロン」

「違うぞ、こら。アロンは俺より一回りデカいやつだ、こら。俺はアモだ」

ぴょこんとベイカーの胸から床に降りる。ベイカーはむくりと起き上がった。頭が痛い。こんなにひどい二日酔いにはなったことがないかもしれない。それにしてもここは……と周りを見る。

ガレージくらいの広さの部屋で、床はフローリング。壁は正方形のタイルが敷き詰められているが、ところどころタイルが貼られず、コンクリートがむき出しだ。

そこかしこに散らばっている、金属製のペトリスのブロック。思い出した。ここはディストリクト・F2、7号棟の一階。パーコフの部屋だ。

梯子があり、ロフトへ上れるようになっている。プログラミング言語についての本がずらりと並んだ本棚。本棚の脇にあたるロフトの下の床には二・五メートルほどの長い板が倒れている。板には、ペトリス大会優勝のトロフィーがねじでいくつも取り付けてあるが、なくさないようにそうしたのだとパーコフが言っていたのをベイカーは思い出した。

昨晩、《Eチャイカ》でさんざんペトリスを落とし、爆弾ニシン入りヴォトカを呷った。ついに看板の時間になったところでパーコフが、「今からじゃ帰れねえだろ、俺の部屋で飲みなおそう」と誘ってきたのだ。それでやってきたのが、この部屋だった。たしかマトリョーシカどもは、隣の部屋に住んでいると去っていき、この部屋に入ったときはベイカーとパーコフの二人だけだったはずだ。パーコフは棚から酒瓶と陶器のグラスを出し、しばらく飲んでいた。他愛《たわい》もない話を繰り返している中で、ベイカーは何度かシンヤのことを切り出したが、そのたびにはぐらかされていた。そのうちパーコフは身の上話を始め、しくしくと泣き出した。陰謀によりチャンピオンの座を追われ、そのまま外で生きていけなくなったとかなんとかだったが、その内容はあまり覚えていない。シンヤのことは朝になって酒が抜けてから訊けばいいと考え、ベイカーはいつの間にか寝てしまったようだった。

周囲を見回す。——パーコフは、どこへ行ったのだろう？

「ベイカーさんよ」

アモとは別の声がした。一番大きなマトリョーシカ、たしか、アビンスキーという名前だった。小さいほうから、アモ、アロン、アーニャ、アレクセイ、アビンスキーだ。

「こっちだ、こっちだ」

外に通じるドアの、床から一・八メートルほどの高さに、十センチ四方の小窓がついており、少年のようなアビンスキーのシリコンの顔が覗いていた。ベイカーはよろけながら立ち上がり、ドアへ近づいていく。

「早く、このドアを開けてくれ」「そうよ、開けなさいよ」

ドアの外からアレクセイとアーニャの声がする。ドアには、ペトリスのブロックの一つ（昨日さんざん見たので覚えている、Z字と呼ばれるものだ）を模したサムターン錠があった。横になっていたものを縦にすると、かちゃりとドアが開き、アロン、アーニャ、アレクセイが入ってきた。アビンスキーはドアより体の幅が大きく、入ってこられない。

「パーコフさんはどこよ」

アーニャが訊いた。このマトリョーシカだけ、少女の顔をしている。

「さあ」

「さあ、じゃないだろ、おいこら」

アモが飛び上がる。その小さな体を見て、こいつだけがあの窓から入ってこられたのだということを、ベイカーはようやく理解していた。

「お前に起こされるまで、俺は寝ていたんだ」

「上じゃないか？」

アロンがロフトを見上げる。

「ベイカー、ちょっと上ってみなさいよ」

アーニャがせっつく。マトリョーシカどもは、丸い木の体とばねの手足という特性上、梯子を上ることができないのだった。ベイカーはがんがんと内側から音が鳴るような頭のまま、梯子を上りはじめた。

ロフトの上を覗きこんですぐに、異状が目に飛び込んできた。

奥行きは二メートルほど、天井までの高さは一・二メートルだろうか。奥にはぎっしりと、鉄製のペトリスブロックが組み合わされて壁になっている。パーコフは、そのブロック壁の前に仰向けになっていた。

充血し、かっと見開かれた目。乱れた白い髪。ネックレスの銀色のチェーンがだらりとシャツから出ており、首には痛々しい真っ赤な線ができている。力なく投げ出された両手では、もう二度とコントローラーを握ることができないのは明らかだった。

「おい、どうした」

アレクセイが下から訊ねた。ベイカーはマトリョーシカたちを見下ろした。

「天使を呼べ。パーコフが、死んでいる」

4.

天使が《セラフィムの瞳》の連中を引き連れてやってきたのは、二十分もあとのことだった。

「まったく、どうしたというのです。その臭いは」

担当となったのはやはりジュジュエルだった。状況を聞き、部屋を一通り見たあとで、ベイカーが酒臭いことをなじってきた。

「こんな荒《すさ》んだ街に生きていれば、とことんまで飲みたくなることもある」

「私は一度もないですけどね。それはそれとして、ベイカーさん」

ジュジュエルは碧眼《へきがん》でベイカーの顔をまっすぐに見据えた。

「どうして、パーコフさんを殺害したんですか？」

冗談を言っているようには見えなかった。

「俺を疑っているのか？」

「当然です。この状況じゃ、どう考えてもベイカーさんが犯人です」

ベイカーが熟睡していたその部屋の出入り口は、ドアと、ロフトについている窓の二つ。共に内側から鍵がかけられていたし、ロフトの窓の前には重いペトリスブロックの壁がそびえている。ベイカーはいわば、密室の中に死体と二人きりでいたことになる。

「俺は殺していない」

「本当ですか？　そんなに飲んで、昨晩のことを正確に思い出せますか？」

自信はなかった。そういえば、シンヤのことをなかなか言い出さないパーコフに向かって怒鳴ったような記憶もある。

「しかし、俺には動機がない。むしろ、シンヤという玩具弁護士の情報を朝になったら聞き出そうとしていたのだから、死なれてしまっては困る相手だ」

「その言い訳を利用しようとしたのかもしれません」

ジュジュエルは意地悪く笑う。頭上の黄緑色の天使の輪が広がったかと思うと、ベイカーの体をすっぽり囲み、腕ごとベイカーを締め付けた。

「何をするんだ？」

「身柄を拘束させていただきます。もうちょっと調べますが、ベイカーさんが一番怪しい今の状況が変わらないとなると、私たちはこの事件から手を引き、ホワイト・アイ・シティの警察にベイカーさんを突き出さなければ」

天使はあくまで、『人間に害を与えた玩具』を取り締まる組織。人間同士のトラブルは管轄外なのだ。

「ドアの小窓を見ろ」

ベイカーは不自由になった右手の手首から先を動かし、出入り口のドアを指さす。

「外に出て、あそこから中の鍵をかけることだってできるだろう」

「手が伸びませんよ」

小窓からZ字型の鍵までは一・二メートルほどの距離がある。普通の人間の手なら届かない。

「アームを伸ばさなくったって、この大きさの窓から出入りできる玩具だっていくらもいる」

「たしかに。バッバ・シティでは、この部屋は密室とはいえないのかもしれません。いますね、ここから出入りできる、怪しい玩具が一体」

ジュジュエルはくすくす笑いながら、部屋の隅《すみ》に佇《たたず》んでいるマトリョーシカたちへと目をやる。彼女が何のことを言っているのか明確だった。

「あーこら?」

ぴょんぴょんと、アモが跳びはねる。かなり憤慨《ふんがい》していた。

「俺がやったってのかよ。あー？　パーコフさんは俺らの恩人だぞ。考えてものを言えこら」

　ジュジュエルはつかつかと近づいていくと、何も言わずその小さなマトリョーシカを蹴とばした。アモはぼんと壁にぶつかり、跳ね返ってベイカーの元へ跳んでくる。

「わっ！」「なにするのよ！」「とんでもねえ！」

　マトリョーシカは抗議をするが、ジュジュエルはうすら笑いを浮かべたままだ。

「天使への口の利き方を知らない愚かな玩具に制裁を加えただけよ。あなたたちも覚悟しなさい」

　人間と玩具で、態度をコロリと変えるのはいつものことだった。

5.

《天使の花園《エンジェルズ・オフィス》》の勾留《こうりゅう》施設は、思ったよりも快適だった。壁も床も天井も真っ白の空間に、真っ白いベッドとテーブルが一つずつ。天井に三つ穿《うが》たれている小さな穴は空調設備のようで、暑くもなく寒くもない。ちょうど空腹感を覚えた頃に食事も運ばれてくる。ただ、時計も窓もないので、どれくらい時間が経ったのかわからない。暇つぶしのためか、テーブルの上には三冊の本があるが、二冊は天使に関する小説で、一冊は罪人が悔い改める様を描いた小説だった。ベイカーは本を読む気にはなれず、ベッドで仰向けになって考え事をしていた。

パーコフはなぜ、殺されたのか。シンヤについての情報を、ベイカーが得ようとしたことが原因だろうか。

「考えすぎだ」

寝返りを打つ。それにしても、またシンヤの情報は得られなかった。玩具弁護士、シンヤ。ミズキの父親はこの街のどこで、何をしているのか。

……眠気を感じ、寝てしまった。

目が覚めると同時に「朝食です」と、係の天使が食事を運んできたので、朝になったのだとわかった。勾留されてから丸一日が経ったことになる。

とうもろこしで作ったらしきスープを啜《すす》っていると、ドアがノックされた。

「おはようございます」

入ってきたのはジュジュエルだった。小脇にファイルを一冊抱えている。

「どうですか、ここの生活も悪くないでしょう」

ベイカーは何も答えず、スープを飲み続ける。ジュジュエルは後ろ手にドアを閉めると、テーブルを挟んでベイカーの向かいに立った。

「ずっとここにいてもらってもいいのですが、実はベイカーさんと同じくらい疑いの濃い容疑玩具を見つけました」

「何だと?」

「現場の向かい側に6号棟というディゴ製のビルがあるんですが、そこに住むダチョウのコルブという玩具が、部屋のドアに監視カメラを設置していまして、そのカメラが一晩中、パーコフさんの部屋のドアを撮影していたんですよ。映像によれば、ベイカーさんとパーコフさんが部屋に入ったのは夜中の零時九分のことでした。そのちょうど一時間後、一時九分に、あのドアの小窓から入っていった玩具があったんです。犯行は否定していますがね」

「ひょっとして、マトリョーシカのアモか?」

「いいえ。グモリンという名の、折り畳みハンガーです」

黄緑色の天使の輪が、ベイカーの前に立体映像《ホログラム》を浮かび上がらせる。車輪がついている、自走式らしきハンガー掛けに二本の腕でぶら下がっている、テニスボールほどの大きさの顔。頰から別の二本の金属製の腕が地面のほうへ下がっていた。金属製の両腕の先には、三本指の手のようなツカミがついている。

「ディストリクト・F2の《ポーリンランドリー》という洗濯屋に勤めているそうで、パーコフさんは週に一度、このランドリーに服を洗ってもらう契約をしています。そのシャツを運ぶのが、このグモリンなのです。コルブのカメラの映像を見ると、洗ったワイシャツを持ったグモリンが自走式ハンガーにぶら下がってやってきたのは一時九分のこと。それを持って、グモリンはドアの穴から中へ入っていきました」

「自分で入れるのか？」

「はい。このマジックアームは自在に曲げ伸ばしもできるようです。片方のアームにシャツを摑み、もう片方で穴の縁を摑んで、器用に入っていきました。別のシャツを持って出てきたのは一時十九分のことです。十分という時間は、シャツを替えるにはあまりにも長すぎますが、パーコフさんの首を絞めていたとすれば、妥当です」

「このハンガーの腕で、パーコフの首を絞めたというのか」

「凶器はパーコフさん自身が装着していたネックレスのチェーンであることが判明しています。グモリンのこのマジックアームは、洋服をかけるときには開きます。伸縮自在だそうで、力もかなり強い。泥酔して深い眠りに落ちているパーコフさんの首を絞めるのはたやすかったでしょう」

「動機は？」

「先々週の洗濯物を返しに行ったとき、パーコフさんと何やら言い争いをしていたのをコルブが聞いています。諍《いさか》いがあったのは間違いありません。しかもグモリンがいつもパーコフさんを訪ねるのは昼から夕方にかけてです。事件当夜だけ深夜一時すぎに行ったのはあきらかにおかしい。グモリン自身は忘れていたので慌てて訪ね、汚れたものだけ持っていけばいいから窓から入ったと証言しています」

「床で寝ている俺に気づいたんだろう？」

「ええ。ですがパーコフさんの姿はなかったと」

「十分も時間がかかったことについては何と言っているんだ」

「あーもう！　面倒くさいですねっ！」

ジュジュエルはファイルをテーブルにたたきつけると、表紙を開いて一枚の書類を出した。

「コルブの監視カメラには他に怪しい玩具も人間も映っていません。ベイカーさんは自分が犯人じゃないというんでしょう？　だったらグモリンがやったに決まってるじゃないですか。天使当局は、あのハンガーを裁判にかけます。開廷は明日です。ほら、サインして」

「何の書類だ？」

「ベイカーさんには証人として出廷していただきたいと思います。その書類です。サインしたら、いろいろ手続きをした後で、お店に戻れます」

ペンを差し出してくる。この天使の証人として出廷するのは癪《しゃく》にさわるが、これ以上この部屋にいると気がおかしくなりそうだと思い、ベイカーは書類にサインをした。どのみち、その折り畳みハンガーがやったに違いない。

ベイカーのサインを満足げに眺めると、ジュジュエルは急に機嫌よくニヤニヤとしはじめた。

「ありがとうございます。ベイカーさんを警察に突き出せないのは残念ですが、いつもは玩具どもを弁護しているベイカーさんが、玩具の告発に協力するのを見るのは楽しみですね」

「俺は帰るぞ」

「あっ。一応、上司のオーケーと、ホワイト・アイ・シティ警察の合意を取ってからということになりますから、今日の午後まで待っててください」

「俺は待てない性分なんだ」

「何言ってるんですか、イースト菌が生地を発酵させるのは待つくせに」

ジュジュエルが書類をファイルに戻したそのとき、ノックがされてドアが開いた。「失礼します」と顔を覗かせたのは、ずいぶんと若い天使だった。頭上の輪の色は水色で、おそらくはジュジュエルより階級が下だろう。

「ベイカーさん、面会です」

「面会？」

「ええ。グモリンの弁護人と名乗る方々です」

《天使の花園》面会室は、勾留室よりも少し広いだけの部屋だった。白いテーブルについていたのは、ミズキとモンチナー軍曹だった。

モンチナー軍曹は、ドワーフ・ミリタリーという人工知能搭載型の軍隊人形だ。人形といってもその殺傷能力は人間並みである。すでに生産は法律で禁じられており、回収・破棄を逃れた何体かがこうしてバッバ・シティに流れて暮らしている。ベイカーは以前、モンチナー軍曹と数人の部下の住処《すみか》を世話したことがあり、それ以来交流が続いているのだった。

「ベイカーさん、心配しました」

ミズキはメガネをずり上げた。鼻をぐずぐず言わせており、まだ風邪は治っていないようだ。事件のあらましはすべて、聞いているらしかった。

「ミズキ、すまない」

「なんで謝るんですか」

「またお前の父親に関する情報の糸が途切れてしまった」

「そんなに自分を責めないでください」

「メロドラマはお店でやってください」

ジュジュエルがテーブルを叩く。

「何でお前までついてくるんだ?」

「私の担当の事件ですから。それよりミズキさん、なんですか。あなたがグモリンの弁護をすることになったのですか?」

「自分が、頼んだのであります!」

ミズキが答えるより早く、モンチナー軍曹が背筋を伸ばして敬礼した。

「グモリンは、自分の、友であります!」

「わかったから、テーブルの上から降りなさい」

言われたとおりに椅子の上に降りていく軍曹。その隣でミズキが説明したところによると、モンチナー軍曹とグモリンは近くに住んでいて交流があるとのことだった。昨日も昼からグモリンの住まいとなっている《ポーリンランドリー》の二階で話していると、突然天使がやってきてグモリンを逮捕した。近所で起こった殺人事件の容疑者になっていると知ったモンチナー軍曹は、今朝ベイカーに助けを求めるべくディストリクト・ポプラまで走り、《ブラック・ベイカリー》に駆け込んだ。

一方のミズキは、昨日午前中に、店にやってきたジュジュエルとは違う天使から、ベイカーがパーコフの殺害容疑で勾留されているという報せを受けていた。心配だったが、風邪は一晩のうちに悪化しており、頭が痛く寒気もするのでソファーで毛布にくるまりながらどうしようと考えているうち、眠って一日を過ごしてしまった。今日になり、不意にやってきたモンチナー軍曹の話を聞くと、どうもそのグモリンが殺したとされているのがパーコフらしい。これは何かがつながっていると感じた。風邪は治らないが、その場で自分が弁護をすると引き受け、重要参考人であるベイカーに接見を求めるべく、風邪の体に鞭《むち》打《う》って《天使の花園》へやってきたというのだ。

「ミズキさん、あなた、バカですか?」

ジュジュエルは呆《あき》れていた。

「せっかく私たちがグモリンという容疑玩具を見つけてきてあげたのに。もしあなたがいつものようにグモリンを無実にしてしまえば、ベイカーさんは容疑者に逆戻りですよ」

「でも、モンチナー軍曹は、グモリンさんではないと言います。私は、軍曹にはお世話になっていますし、軍曹が違うのだと言うなら、グモリンさんではないと信じます」

「断じて、グモリンではありません。あんなに人のいいハンガーは他にいないであります!」

「バカばっかりですねっ!」

ジュジュエルはファイルをテーブルにたたきつけながらぴょこっと立ち上がった。そのままミズキの顔を睨みつけていたが、不意に、

「面白い」

口角を上げた。

「考えてみれば、こんなに面白いことはありません。ミズキさんが、グモリンの無実を証明して、間接的にベイカーさんを告発するというのですから。もし、裁判に勝ちたかったら、ベイカーさんを窮地に陥れなければならない。ベイカーさんを救いたかったら、裁判に負けなければならない。はは、あなたはどっちを取るんでしょう。どっちにしても、爽《そう》快《かい》です。はははははは」

狂ったように笑いながらファイルを取り、ドアのほうへ向かった。

「今回の裁判は見ものです。楽しみにしてますね」

出ていった。ベイカーはミズキの顔を見る。

「大丈夫なのか?」

「ええと……、わかりませんが」

ミズキは苦しそうに咳き込んだが、

「確実に言えることはひとつです。冤罪は、許されません」

またこいつ、こんなことを言ってやがる。

「それから、ベイカーさん。個人的な質問を一つさせてください」

「何だ」

「ベイカーさんは、犯人ではないのですよね？」

これのどこが「個人的な」質問なのか。

「当たり前だ」

ベイカーの答えを聞いて、ミズキはこの部屋で初めて嬉しそうな顔をした。

「安心しました。これで心置きなく、依頼玩具のために仕事ができます。事件当夜のこと、詳しくお聞かせ願えますでしょうか」

本当に、変わったやつだ。

6.

《天使の花園》から解放され、ベイカーが店に戻ってきたのは午後三時過ぎのことだった。ミズキはグモリンに話を聞きに行くと言っていたが、まだ帰っていなかった。がらんとした店内。今からパンを焼く気にもなれず、居住スペースのソファーに腰を下ろす。

ローテーブルの上には、手つかずのラザニアが置かれていた。キャプテン・メレンゲがミズキの見舞いに持ってきたものだろうか。ラザニアの脇には、一歳児が遊ぶようなカタカタ人形がある。板に取り付けられた柱のあいだを、両手を水平にしたような人形がカタカタと落ちていくものだ。これも見舞品の一つだというのか。

ベイカーは手すさびに、木製の人形を板に滑《すべ》らせた。カタカタと落ちていく人形を見ながら、ミズキは大丈夫だろうかと考えた。

状況からしてグモリンがやったに決まっています。《天使の花園》から見送るジュジュエルはそう言っていた。ベイカーさん、安心してください。私がミズキさんに勝ちますから。その顔にはいつにもまして意地の悪い笑みが浮かんでいた。

――冤罪は、許されません。

ミズキは今日も言っていた。

ひょっとしたら今頃は、現場を見ているかもしれない。モンチナー軍曹がついているからならず者玩具たちに絡まれる心配はないだろうが、あいつ一人で調査をさせて大丈夫だろうか。

ベイカーは、縁なしメガネの向こうの目を思い出しながら、ソファーから立ち上がった。

ディストリクト・F2は路地が狭いのでバンで入っていくことができず、大通りに停車し、徒歩で路地に入ってった。ゴミが積まれ、より狭くなっている路地を抜け、7号棟へやってくると、パーコフの部屋には「KEEP　OUT」の規制テープが貼ってあった。中を覗いても誰もいない。ミズキたちは来ていないようだった。

「おいこら、ベイカーじゃねえか」

聞き覚えのある声がした。そこに立っていたのは、最小のマトリョーシカのアモと、二番目に小さいアロンだった。

「ハンガーのグモリンが天使に捕まったらしいな」

「ああ……、あいつめ、さんざんパーコフさんに世話になっておきながら、凍てつかせてやる」

アロンがばねの手で胴をがんがんと叩いた。

「お前たちもグモリンを疑っているのか？」

「疑いたくはねえが、コルブの髑髏《どくろ》カメラにあいつしか映ってねえんじゃ仕方ねえだろうが、おいこら」

そのままアモは、ピンボールで弾かれた球のように、パーコフの部屋の向かいに当たる6号棟のドアにぶつかっていった。ドアには拳《こぶし》ほどの大きさの髑髏が紐で吊り下げてある。この目の部分がカメラになっているのだろう。

「おいこら、コルブ！」「凍てつかせてやろうか！」

なんとガラの悪いマトリョーシカたちだろうか。

「なんだよ」

茶色いプラスチックドアを少し開け、隙間からひょろ長いダチョウの首がぬっと出てきた。わずかに残った毛は泥と埃で薄汚れている。

「天使に見せた映像を、ベイカーさんにも見せやがれ、こら」

「ああ?」

「その薄汚れた首、丸ごとアイスクリームにしてやろうか」

アモとアロンでは話が混乱するので、ベイカーが間に入り、事情を説明した。

「ああ、いいよ、入んなよ」

コルブは、ドアを開いた。首から下の胴体と足は、機械がむき出しだった。このダチョウ型玩具は半年ほど前、何者かにドアに落書きをされたことがあり、知り合いの玩具を通じ、髑髏の監視カメラを設置してもらった。当然、向かいのパーコフの部屋のドアの様子はしっかり記録されているというわけだ。

監視カメラ用モニターは、段ボールの切れ端が散乱するその部屋の奥の机の上にあった。コルブはくちばしの先で、モニターの前のキーボードを器用に操る。

「これが、一昨日の夜さ。って、あんたも映ってるんだよね」

画面の右端から、パーコフと酔いどれのベイカーがやってきた。五体のマトリョーシカがそれに続く。パーコフはドアを開いてベイカーと共に中に入ると、上機嫌でマトリョーシカたちに手を振り、ドアを閉めた。マトリョーシカたちは、画面の左へと去っていく。

時刻は『00:09』とある。

「早送り、するね」

コルブはくちばしでキーボードをつつく。時間が流れ、やがて画面右端から一体の折り畳みハンガーが現れた。『01：09』だ。

「おいこら、ベイカー。あれがグモリンだぞ、こら」

アモが言うと同時に、コルブは時間の流れを戻す。自走式のハンガー掛けがやってきて、ぴたりとパーコフの部屋の扉の前に停まった。ぶら下がっていたグモリンは金属アームを伸ばし、小窓の縁を摑むと、そのまま金属の足から中へ入っていった。

コルブが早送りをすると、やがてチェック柄のシャツを摑んだグモリンが小窓から出てきた。シャツを摑んだままハンガー掛けにぶら下がり、ハンガー掛けごと去っていく。時刻は『01：19』。中に入っていたのはぴったり十分間だ。

「このあと、朝、マトリョーシカたちが来るまで、誰も映っていないよ」

画面は現在の映像に切り替わった。

「中に入ってたのは十分間だな、こら。それだけありゃ、殺せるかな、こら」

アモが言う。

「殺せるだろうな、あのアームはかなりの力だというし」

アロンが答える。

「あのやろう、パーコフさんと口げんかしていたしな」

「あのやろう、チルド保存してやろうか！」

マトリョーシカたちが怒り出す前で、監視カメラ映像の中に変化があった。キャスター付きの台車を運んできた二人の男たちと、ジュジュエルだった。

ベイカーはドアを開け、外へ出た。

「おい」

「あれ、ベイカーさん」

ジュジュエルがこちらを振り返った。二人の男たちは中からペトリスブロックを運んできた。一人は四十を過ぎた筋肉質の男。もう一人は背が高く、帽子とマスクで顔を隠し、汗を拭くためか首にタオルを巻いているので年はわからない。二人とも、すみれ色の作業着を着ていた。

「証人がのこのこ出歩いて現場に。控《ひか》えてくださいね」

「何をしているんだ？」

「決まっているじゃないですか。明日の開廷に向けて、証拠品を運び出しているんです。この人たちは業者の《運び屋バイオレット》の方々です」

二人は、ベイカーのことを気にする様子もなく、それぞれの台車にブロックを載せ、また中へ入っていく。

事件当夜、酒場で会ったゲイルという男も同じすみれ色の作業着を着ていたとベイカーは思い出していた。ゲイルに酒を飲み過ぎて仕事に支障が出たら天使に怒られるぞとパーコフは言っていたが、天使御用達《ごようたし》の運送屋だったというわけだ。

そんなことより、ベイカーには気になることがあった。

「ミズキは中を見たのか？」

「さあーあ、まだ、接見中じゃないですか？」

とぼけたような笑みに、ベイカーはこの天使の真意を見て取った。ミズキが接見をしているあいだに、証拠を運び出してしまおうというのだ。

「卑怯《ひきょう》だぞ」

「ベイカーさん。立場をわきまえてください」

「現場の状況がわからなくなっては……」

「ひゃー、ジュジュエルさん、これ、重いすねえ」

ベイカーの言葉は、再び現場からブロックを運び出してきた《運び屋バイオレット》の四十男に遮《さえぎ》られた。

「ゼノリさん、とっとと運んじゃってください」

「一つ、十キロはありますよ、ふう」

「もう一人の人は文句言わずにやっているじゃないですか」

「ええ、そうすね。じゃ、いったん運んじゃいます」

ゼノリと呼ばれた男は台車を押して、ゴミだらけの狭い路地へと消えていった。

ミズキがモンチナー軍曹と共にやってきたのは、それから二十分後のことだった。ジュジュエルは《運び屋バイオレット》の二人とともにすでに引き上げていってしまったあとだ。

「空っぽですね……」

唖然《あぜん》としてミズキは言った。

「ジュジュエルを止めることはできなかった」

「ベイカーさんは今回、天使側の証人ですからね。しょうがないですよ」

そう言いながらもミズキは明らかに落胆し、洟をずるずるとすすっていた。

「ミズキ、個人的な質問を一つするぞ」

「なんですか？」

「グモリンは、パーコフを殺してないんだな？」

ミズキは一瞬驚いたようだったが、

「当たり前です」

と答えた。

「パーコフさんのことを好きでいたみたいですし。口げんかなんかしょっちゅうだったそうです」

「それを聞いて安心した。心置きなく、お前の調査の手伝いができる」

ミズキは目を見開いた。

「いいんですか。天使側の証人がそんなことをして」

「サー・ベイカーは証人である前に、ミズキさんの友であります。友のために動くのは当然であります」

モンチナー軍曹が言う。

「そういうことだ」

ミズキは微笑んだ。

その後、ベイカーはミズキと共にがらんとした現場の中を見て回った。モンチナー軍曹はどこかから手に入れてきたというデジタルカメラで、部屋の中の画像を撮っている。ペトリスブロックはあらかた持っていかれてしまったが、本棚は手つかずのまま残されていた。

「ベイカーさん」

ミズキは、何もない壁の前に立ち止まった。

「この壁なんですけれど、ところどころタイルが貼られていないでしょう？」

壁には正方形のタイルが貼り詰められている。しかし、ところどころタイルが貼られずコンクリートがむき出しになっているところがある。一昨日の晩この部屋に来たときは酔っていてあまり気にしなかったが、たしかにデザインにしては不自然な気がした。

「パーコフさんは何か言っていませんでしたか？」

相変わらず、変なところが気になるやつだ。ベイカーがわからないと答えると、ミズキは少しのあいだ、右の頬をつねるようなしぐさをして考え、後ろを振り返る。その視線の先には、本棚があった。

「あれは、何ですか？」

ミズキが注目したのは、ロフトの真下の床に倒れている、トロフィーがねじで留められた板だった。ベイカーはそれを引っ張り出した。

「パーコフが外の世界で勝ち取ったトロフィーだ。あの夜、自慢された」

ミズキは不思議そうにその板を眺めている。

「なんでこんなにジグザグに取り付けているのでしょうか」

「さあな」

「このロープは？」

端のトロフィーにロープが括《くく》り付けてある。ロープの長さは四、五メートルといったと

〈現場の様子〉

ころだろう。逆の端は輪になっていた。ミズキはしばらくそれを眺めていたが、何かに気づいたように顔を上げた。

「パーコフさんが倒れていたのは、上ですね？」

ミズキは梯子を上りはじめた。ベイカーも追うが、二人でロフトに上がると窮屈なので、梯子の中段に立って、ロフトの状態を見るだけだ。昨日はペトリスブロックの壁のせいでだいぶ暗かったが、窓からの光が入るようになっていた。パーコフが倒れていたところには、テープで人型が描かれていた。

「ブロックの壁というのは、この窓を完全に覆うように立てられていたのですか」

「ああ、そうだ」

「どういうふうにブロックが組み合わさっていたのか、覚えていますか？」

「いや。ただ、びっしりと隙間なく積まれていたのは覚えている。全体像はきちんと長方形になっていた」

「びっしりと、隙間なく、長方形に……」

ミズキは窓に近づき、クレセント錠を確認した。持ち手を下げると施錠が解かれるタイプのものだ。昨日目が覚めた直後はブロックの壁が積まれていたのでベイカーは見ていないが、ジジュエルは余計なところは触っていないだろうから、内側から鍵がかけられていたのだろう。

「わかったであります！」

突然叫んだのは、モンチナー軍曹だった。

「さっきのロープの端がこのクレセント錠の持ち手に通されていて、ブロックの壁を乗り越え、板がロフトから落とされたのであります！　そうすれば、ロープが引っ張られクレセント錠がかけられるではありませんか」

「私もそう考えたのですが」

ミズキの顔は浮かなかった。

「そもそもブロックの壁が邪魔で、この窓から出入りはできなそうですね」

「そ、そうでありますか……」

「それに、そのトリックでは、板が落ちてロープが引っ張られる前に窓を閉めなければなりませんよね」

ミズキは難しい顔をしたまま、考え込んだが、「あの、この建物の裏へはどうやったら行けるか知っていますか？」と訊いてきた。

「それならこっちだ、こら」

答えたのは、ドアのところにいたアモだった。

「連れていってもらえますか？　マトリョーシカさん」

アモが率先して道案内をする。一同は一度、大通りに出てからベイカーのバンの脇を通り、別の路地へと入った。幅一メートルほどの細い路地だ。現場の窓は、人ひとりが十分通れるくらいの大きさだが、三メートルほどの高さのところにある。

「届かなそうでありますね」

モンチナー軍曹がつぶやいた。ミズキはキョロキョロと周囲を見回し、路地のさらに奥に進んでいった。そこには、五十センチの高さの木箱がいくつか積まれていた。ミズキはおもむろに、そのうちの一つを持ち上げた。何をしようとしているのかすぐにわかったので、ベイカーも手伝う。木箱を窓の下に運んでいき、ピラミッド状に三段積んで最も高い木箱の上に立てば、ミズキの身長でも窓に届くようになった。

「届きはしますが……やっぱり、外から中の鍵をかけるのは不可能に思えますね」

ミズキの顔は明るくなかった。

「ベイカーさんでもグモリンさんでもない第三者がここから出入りしたのではないみたいです……」

裁判は、明日に迫っている。モンチナー軍曹は不安そうに、セーラー服のミズキを見上げていた。

7.

BIG-BOXは、かつては大型百貨店だったビルである。そのベビー用品売り場が、現在は法廷として使われているのだ。

傍聴席は、半分ほど埋まっていた。ベイカーはその最前列に座っている。背後に控えているのはパーコフの忠実な手下のマトリョーシカたち、その右に、首に監視カメラの髑髏を提げたダチョウのコルブがいた。その脇に見たことのあるすみれ色の作業着の男がいる。昨日、現場からブロックを運び去った《運び屋バイオレット》のゼノリという男だった。もう一人の男はいない。ジュジュエルの要請により、必要に応じて廷内に証拠品を運んでくるのだろう。

ベイカーより少し距離を置いて座っているのは、一人のスレンダーな天使だ。――力天使《ヴァーチュー》レイエル。ジュジュエルの上司である彼女は、その美しさもさることながら、天使としての推理力にも長《た》けている。今日も部下の担当の裁判を見に来たものと思える。

被告側の席にはミズキが座っている。風邪はだいぶ良くなったようだが、その顔は青い。

当然だった。昨日はあのあとも現場や周辺を調査し、聞き込みなどもしていたが、結局使えそうな証拠も証言も見つからなかった。自分から弁護を引き受けたくせに、弁護の決め手もなく開廷を迎えてしまったのだ。この裁判、ミズキは負けるかもしれない。それはベイカーの無実を意味したが、同時に無実だと信じている被告玩具をみすみすスクラップ送りにしてしまうことに通じる。

ミズキの隣でハンガー掛けにぶらさがっている被告玩具のグモリンは、おどおどと法廷中を見回している。そのそばにモンチナー軍曹がじっと目をつぶって座っていた。軍曹の脇にあるのは、ラジコンほどの大きさの戦車だ。BIG-BOX法廷では、戦車の持ち込みも可能だというのか。物騒《ぶっそう》なことが起きなければいいが……

ベイカーの正面には、球体の水槽にコードが絡みつき、電子表示板を付随させた機械がある。人の脳を生きたまま保存し、その意思を伝える、ブレインキャリアーという医療機器である。ぷくぷくと泡の立つ水槽の中に浮かぶピンク色の脳は、Mr.トリッティ。かつて外の世界で名を馳せた法学者の脳であり、どういういきさつでバッバ・シティまで流れてきたのかという事情は公にされていないが、現在はこうして、BIG-BOX法廷の判事を任されているのだった。

Mr.トリッティの両脇にずらりと並ぶのは六台のベビーベッド。それぞれに、バッバ・シティ選《え》りすぐりの有識玩具たちが座っている。陪審玩具である。たまに電子表示板にメッセージを表示させることしかできないMr.トリッティに代わって審理を進行するのは、陪審玩具一号、――錆びついた芝刈り機だ。

開廷は十時ちょうどだった。ジュジュエルはまず、起訴内容を明らかにし、被告玩具を証言台に立たせたまま、コルブの監視カメラの映像を、天使の輪を使った立体映像で法廷中に見せた。

「このように、事件当夜、パーコフさんが部屋に入ってから死体となって発見されるまで、部屋に出入りしたのは被告玩具だけであります。そして、パーコフさんと共に部屋に入った男性については、証人として召喚しておりますので、出てきていただきたいと思います」

ジュジュエルに合図をされたので、ベイカーは立ち上がり、証言台へとついた。

「証人、お名前は？」

「ベイカーだ」

「普段は何を？」

「パン屋を開いている」

ちらりと被告席を見る。今にも逃げ出しそうなグモリンの横で、ミズキは不安げに眉を歪めていた。

「ベイカーさん。先ほどの映像に『00：09』にパーコフさんと連れ立ってあなたが部屋に入った様子が映っていました。事件当夜、なぜパーコフさんと会っていたのです？」

「俺にとって必要なある情報を、彼が持っている。ある筋からそれを聞いたからだ」

「結局その情報を得ることはできましたか？」

「いや。はぐらかされてしまった」

ジュジュエルは情報の詳細までは求めず、事件の日のことを詳しく話すようにと言った。ベイカーは《Eチャイカ》でパーコフと杯を重ね、ディストリクト・F2の7号棟の彼の部屋に流れたこと、そこで酒を飲んで眠ってしまったことなどを話した。

「被告席に座っているあの玩具が部屋に入ってきたのに気づきましたか?」

ベイカーは被告席のハンガーをちらりと見て、「いや」と答える。

ジュジュエルは満足げにうなずくと、くるりとMr.トリッティのほうを向いた。

「現場の状況から、天使当局は証人を第一容疑者として勾留しましたが、動機がなく、また現場に入った時点でぐでんぐでんで、被害者を絞め殺すことなどとてもできないだろうと考えました。事件当夜、ドアの小窓から入った被告玩具グモリンは、かねてからパーコフさん殺害の機会をうかがっていた。内側から鍵のかかったあの部屋でぐっすり寝ているベイカーさんを見て、罪を着せる相手がいることに気づき、ロフトの上で寝ていた被害者の首を絞めたに違いありません」

ジュジュエルは意気揚々と天使席に戻り、木馬にまたがってゆらゆらと揺れはじめた。

「弁護人、反対尋問をどうぞ」

陪審玩具一号に促され、ミズキが立ち上がった。手元のノートをぺらぺらとめくっていたが、

「特に……ありません」

腕時計の歯車のような小さな声で言って、座った。

8.

「あなたがパーコフさんと知り合ったのはいつですか?」

ミズキはノートを片手に訊ねた。証言台についているのはグモリンだ。自走式のハンガー掛けにぶら下がったままだった。

「もう半年ほどになります」

「パーコフさんとの関係は良好でしたか?」

「ええ。まあ、配達ミスで怒鳴られたことはありましたが、普段は優しい人で……」

「異議あり!」

ジュジュエルがすかさず手を挙げる。

「疑われているんだから、関係は良好だって答えるに決まっているじゃありませんか。こんな質問、何の意味もありません」

ミズキをいじめるのが楽しいと言わんばかりに、ジュジュエルはまくしたてた。

《Another examination.》

Mr.トリッティの電子表示板に文字が浮かび上がる。別の質問をせよということだ。

ミズキは傍聴席を振り返る。

「あのダチョウさんを知っていますか？」

「ええ、パーコフさんの向かいに住んでいる、コルブです」

「首から提げられている髑髏が何だか知っていますか？」

「前に自慢していたのを聞きました。監視カメラです」

傍聴席がかすかにざわめいた。ミズキはすかさず、陪審玩具を見回す。

「みなさん。被告玩具は、事件以前にあれが監視カメラだと知っていたのです。カメラに映ることがわかっていて、あのドアの小窓から入るでしょうか」

「異議あり！」

ジュジュエルが飛び上がる。

「あの小窓以外に、あの現場に出入りはできません」

「あ、ええと……」

そのとき、ミズキのメガネのレンズがきらりと光ったように、ベイカーには見えた。

「裏に窓があったと思いますが」

「ありましたが、内側はブロックの壁で塞がれていたのですよ」

「その証拠はありますか？」

ミズキはいつになく、挑発するような口調だった。

「あっ、ありますよ」

ジュジュエルの答えより先に、意外なところから声があがった。法廷中の目とカメラが、そちらに注目する。傍聴席の中で、すみれ色の作業着が立ち上がっていた。ゼノリだ。やっと出番が来たとでもいうような顔だった。

「運んできましょうか、ブロック？」

「いいのです、あなたは座っていなさい」

ジュジュエルがしかめ面をすると、ゼノリは不本意そうに腰を下ろした。ジュジュエルは天使の輪から、立体映像を宙に映し出す。ロフトの窓際に立てられていたペトリスの壁だ。

「どうですか？　もし窓を開けられても、こんなブロックの壁があったら通り抜けられません。このブロックの壁は窓を完全に覆うように積まれていますから、外からこのブロックを積むのは難しいですけどね。あとは何か魔法を使ってブロックの壁をすり抜けられないことにはね」

せせら笑うように言うジュジュエル。何か言いかえすかと思いきや、ミズキはその映像を食い入るように見つめているだけだった。……ミズキがペトリスのブロックがどういうふうに組み合わされて壁になっていたのか、しきりに気にしていたことをベイカーは思い出していた。ひょっとしたらジュジュエルにこの映像を映し出させるために、あんな言い方をしたのかもしれない。しかし――、これがどうしたというのか。

「弁護人？」

ミズキがあまりにじっくりと映像を見ているので、陪審玩具一号が声をかける。

「もう終わりですか？」

「あっ」

ミズキは気づいたように言うと、「いいえ」と首を振って、ノートに目を落とした。

「言いたいことを整理しますから、ちょっと待ってください」

「ちょっと待ってください、ですって」

ジュジュエルはいよいよ楽しそうに笑った。

「だいたいミズキさん、被告玩具じゃないとしたら誰がやったというのです？　あなたの大好きなベイカーさんがやったとでもいうのですか」

「いえ」

ミズキはノートから顔を上げ、首を振った。そして、はっきりとした口調で言った。

「被告玩具でもなく、ベイカーさんでもありません。あの晩、もう一人、現場にいたのです」

玩具たちのざわめきで、傍聴席が揺れた。

「静粛に、静粛に！」

芝刈り機がヴィーンと、刃こぼれした回転刃を回す。

「弁護人、その根拠は何ですか？」

「モンチナー軍曹、例の画像を」

ミズキが言うと、モンチナー軍曹は「ラジャー！」と戦車に乗り込み、何やら操作をした。砲身から光が放たれ、被告席の背後の壁に映像が映し出された。戦車はプロジェクターだったのだ。

「これは、パーコフさんの部屋の壁です」

あの、ところどころタイルが貼られていない不思議な壁だった。

「おそらく、パーコフさん自身が正方形のタイルを取り付けていったのだと思いますが、ところどころ、壁材がむき出しになっていますね。なぜこんな見栄えの悪いデザインにしたのか」

「弁護人、それがどうしたというのですか」

芝刈り機は呆れるように訊いた。

「私はこう思うんです。パーコフさんは、タイルを貼り詰めたら壁が消えちゃうような感覚を持っていたんじゃないかと」

「何ですって？」

「パーコフさんはペトリスのチャンピオンです。ペトリスは、ブロックが横一列揃ったら消えてしまうというゲームです。一方、壁というのは外から内を守ってくれるもの。消えてしまったら困ります」

つまりパーコフは、壁という存在が消えてしまう感覚に陥《おちい》らないため、わざとタイルをところどころ貼らなかったというのだ。改めて画像を見ると、たしかにタイルのどの横一列も揃わないようになっていた。

「ということはですね、ロフトに隙間なく積まれたペトリスの壁。あれはパーコフさんが積み上げたものではないという可能性があります。そう。パーコフさんが死んだあとに、誰かが積み上げたものです」

「はあっ？」

ジュジュエルが被告席に詰め寄っていく。

「あの夜、第三者がいたんです。パーコフさんを殺し、ベイカーさんに罪を擦《なす》り付けるためにペトリスの壁を積み上げた。裏の出入り口を塞げば、密室の中に共に寝ているベイカーさんが犯人に見えますから。運の悪いことにそのあと洗濯物を運んできてしまった被告玩具が疑われてしまったというわけですけど」

「異議あり、異議あり！　馬鹿じゃないですか⁉」

怒りにくれるジュジュエルの肩越しに、ミズキはＭｒ．トリッティの脳を見た。

「裁判長、休廷を願えますか？」

「異議あり！　今さら休廷なんて！」

「少し、証拠を整理したいと思います」

「時間稼ぎとしか思えません！」

《Recess. 30min.》

Ｍｒ．トリッティの電子表示板に文字が出た。刃を回転させる、陪審玩具一号。

「三十分の休廷とします。天使ジュジュエル。あなたも少しバッテリーを冷やしたほうがいい」

「人間にバッテリーはありません！」

ジュジュエルは顔を真っ赤にして怒鳴った。


ベイカーがＢＩＧ－ＢＯＸ正面玄関を出ていくと、ミズキは一人、階段の上に小型のペトリスのブロックを並べ、考え事をしていた。

「どうしたんだ、休廷なんて」

ミズキは顔を上げ、縁なしメガネの位置を整えた。

「ようやくわかったんです、トリックが。ベイカーさん、一つ、質問をさせてください。

パーコフさんが殺された夜、――」

その質問に対するベイカーの返答に、ミズキの顔はぱあっと明るくなり、一気に自分の説をまくしたてた。ベイカーは驚いた。

「そいつが、パーコフを殺したというのか」

「間違いありません。でも、それを証明するには補強証拠が必要です」

「連れてきたであります！」

精悍《せいかん》な声がして振り返ると、モンチナー軍曹が一人の人間と一体の玩具を伴ってそこに立っていた。《運び屋バイオレット》のゼノリと、ダチョウ型玩具のコルブである。

「ありがとうございます」

ミズキは礼を言って立ち上がると、ゼノリにいろいろ質問を浴びせた。

「ゼノリさんお願いです。このあと、被告側の証人として、証言台に立ってくださいませんか」

運送屋はぼんやりしていたが、「ああ」と返事をした。ミズキは、コルブに向きなおる。

「コルブさんは、監視カメラの映像をお願いします」

9.

裁判は、再開された。

「それでは弁護側の証人をお呼びいたします。どうぞ」

ミズキが言うと、ウサギの廷吏が弁護側席に最も近いドアを開けた。

「えっ？」

その顔を見て驚きの声を上げたのは、ジュジュエルだった。

「な、なぜあなたがそちらに？」

「頼まれたからですよ」

すみれ色の作業着を着たゼノリは、首をすくめる。元来、目立ちたがり屋なところがあるようで、証言台に立つことを喜んでいるようにも見えた。

「天使、静粛に。証人は勝手にしゃべらないように」

陪審玩具一号にたしなめられ、ジュジュエルはバツが悪そうに木馬に座った。

「証人、お名前とご職業を」

「ゼノリ、運送屋さ。天使の依頼を受けることが多い。昨日も現場から重い証拠品を運んだが、立体映像で済まされちまった」

「ジュジュエルさん、お手数ですが、さっきの、ロフトの窓際に積み重ねられていたブロックを見せてもらえませんか？」

「はー？」

ジュジュエルはミズキの依頼に、目を丸くする。

「裁判長、聞いたことあります？　被告玩具の弁護人が、天使の証拠を再提出せよだなんて」

「立体映像でもいいです」

《Do as she says.》

Ｍｒ．トリッティの電子表示板にはそう出た。ジュジュエルは顔を歪めながら、天使の輪を操作する。やがて証言台と陪審玩具たちの間の空中に、ブロックの立体映像が浮かんだ。

「昨日、現場からこれを運んだということですが、車は使いましたか？」

「もちろん、うちのトラックを使った」

「現場のディストリクト・Ｆ２は細い路地が入り組んでいて、乗り入れられなかったと思うのですが」

「大通りに停めて台車を使って何往復もしたのさ」

「大通りから現場までの路地には、脇にたくさんゴミが積まれていたから大変だったでしょう」

「ああ」

「作業はお一人でしたか？」

「あー、いや、もう一人、臨時で雇ったやつを連れていった。……いや、本当はゲイルってやつを雇ってたんだ。そいつが昨日、急に腹を壊して入院することになってな。困っていたところに、いきなり雇ってくれって現れたんで、そいつを連れていったんだ」

「その人は今どちらに？」

「それがよ、今日もここに来いって言ったのに、来ねえのよ。報酬も受け取らずに姿をくらましちまったんだぜ。昨日一日だけの謎の雇われ人よ」

「何なのですか！」

ジュジュエルが自ら映し出した立体映像を指さし、怒り出す。

「さっきから全然、このブロック壁、関係ない話じゃないですかっ」

「ああ、すみません」

ミズキは謝りながらポケットからレーザー光源を取り出し、立体映像のブロックの一部に赤い光線を当てた。

「この部分に注目してください。上のブロックが横一文字の長いブロックです。ということは、下の二つのブロックを外しても、この壁は崩れず、ぽっかりと穴が開きます【図】。パーコフさんを殺した者は、この穴を開けたままブロック壁を積んでおき、穴を塞ぐための二つのブロックはすぐ脇においてあったんです」

ジュジュエルは何か言いたそうだったが黙っていた。ミズキは続ける。

図〈ペトリスブロックの秘密〉

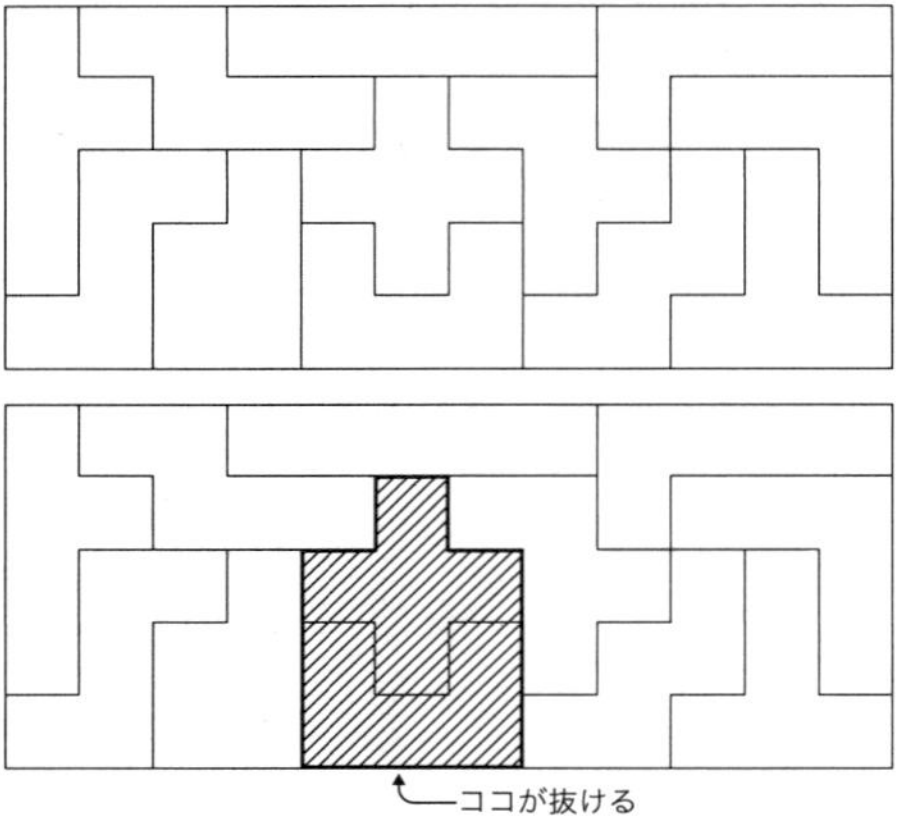

「次に、窓に内側から鍵をかける方法です。モンチナー軍曹、お願いします」

「はっ！」

モンチナー軍曹が持ってきたのは、昨日現場から回収しておいたトロフィーのついた板だった。

「これは、パーコフさんが外の世界で勝ち取ったトロフィーを板にねじでつけたもので、よく見ると、トロフィーはジグザグにつけられていることがわかります。ええと……軍曹、お願いします」

ミズキが合図をすると、軍曹は戦車型プロジェクターを操作した。壁に、部屋の東側の壁を真横から見た手書きの図が映される。

「いいですか。左が出入り口側、右がロフト側です。東側の壁に接するように本棚があって、南側の壁とのあいだにこのトロフィー板は横たわっていました。これをですね、本棚の角、ロフトの角、パーコフさんの死体、ブロック壁と斜めに引っかかるように、こうセットします」

壁に映された図に、トロフィー板が加わる。

「そして、トロフィー板の上部に、T字型のブロックをセットするんです。端のトロフィーには先が輪になったロープが結わえ付けてありましたよね。ブロックの壁の上部を通し、クレセント錠に輪を通しておきます。犯人はブロック壁の穴から窓の外に下半身を出し、パーコフさんの死体に乗り上げるような状態でT字ブロックを持ってスタンバイします。T字ブロックを板の上に滑らせると同時に、ブロック壁の穴をすり抜けて外に出て、脇に置いてあったブロックを穴に嵌め、窓を閉めます。T字ブロックが滑り落ちると同時に板はその重みでもとあった本棚と壁のあいだにブロックごと落ち、引っ張られたロープにより、クレセント錠が引き上げられ、鍵がかかります」

ここでミズキは一息入れた。法廷は静まり返っている。みな、ミズキの言った突拍子もないトリックを頭や電子回路で思い描いているようだった。

ふん、と笑い息が聞こえた。ジュジュエルだった。

「そんなことができるわけがありません。だいたい、T字のブロックが滑る時間なんてすぐです。そんな短いあいだに、今言ったようなことができるわけがないでしょう」

「それが、トロフィーがあることで、落ちる時間が長くなるんですよ。お願いします」

そこから先はウサギの廷吏二人がかりの作業だった。一人がトロフィー板を法廷の壁に立てかけて下で抑える。もう一人はトロフィー板の脇に脚立を設置し、T字ブロックを背負って登っていった。そして、ミズキの言ったように、斜めになったトロフィー板にT字ブロックをセットする。

「どうぞ」

ミズキの号令とともにT字ブロックはトロフィー板の上を滑りはじめる。T字ブロックは、ジグザグ状に留められたトロフィーに当たりながら、落ちていった。まるで、カタカタ人形のように！　これなら、単純に板の上を滑り落ちるより時間が稼げるのは明白だった。

「バカバカしい！」

ジュジュエルが両手を振りながら叫ぶ。

「時間が稼げると言ったって、ほんの少しです。たしかにこれなら、クレセント錠をかけることはできるかもしれません。でもミズキさんの言ったようにブロック二つ分の穴があったとしたら、窓の外からそれを塞ぐのは無理です。だってブロックは一つ十キロもあるんですよ」

「それが、もっとずっと軽かったとしたらどうですか？　たとえば、発泡《はっぽう》スチロールかプ

〈トロフィー板を使ったトリック〉

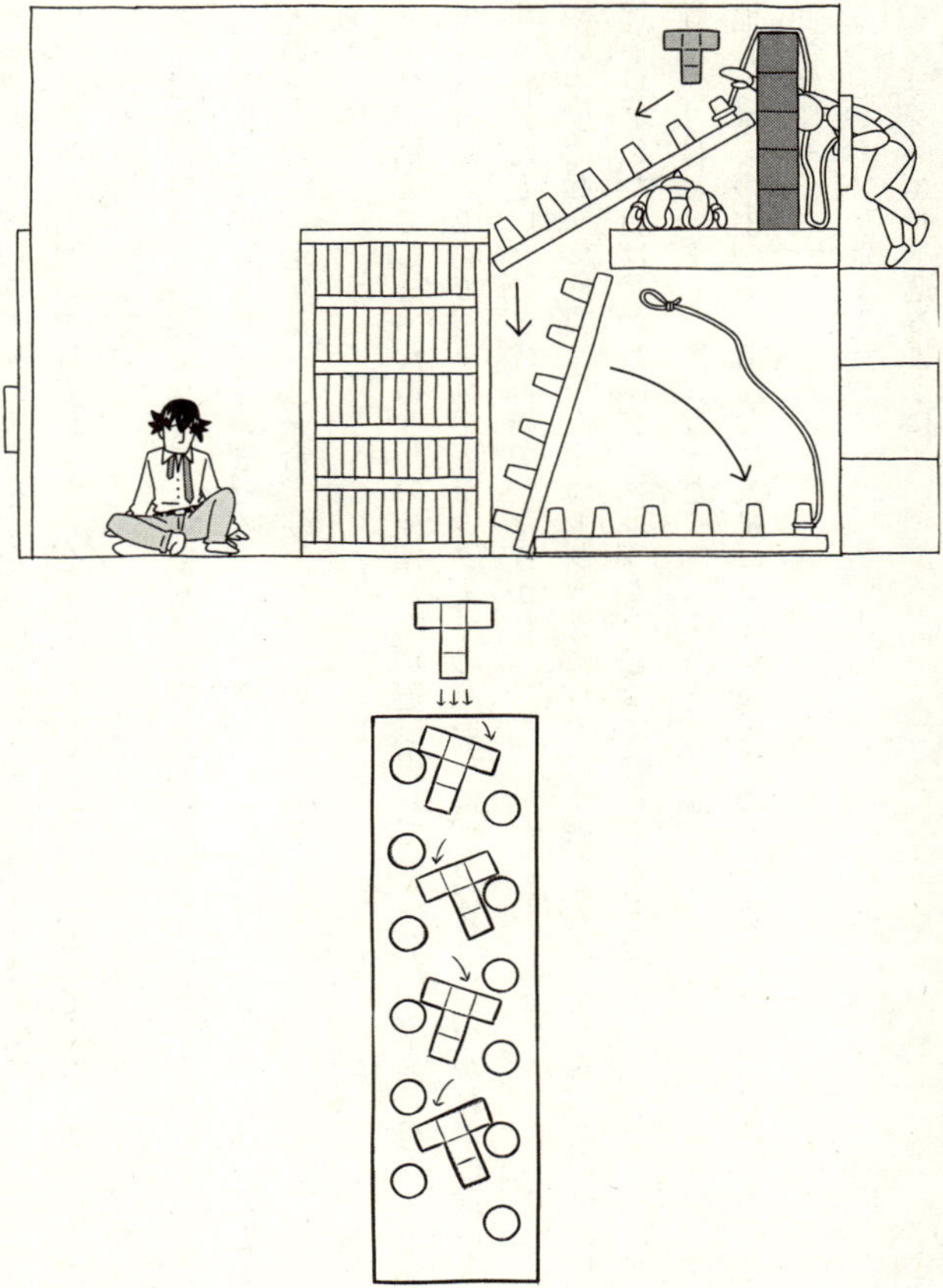

ラスチックか、そういう素材の表面を、金属に見えるように加工するのです」

「軽いのはあなたの頭の中身でしょ！　ゼノリさんたちがここに運んでくれたブロックはすべて重かった。すべてです」

ミズキは証言台で、唖然として二人のやりとりを見ているゼノリに向き直った。

「長らく質問を中断していてすみません、ゼノリさん。二人でブロックを運び出したとおっしゃいましたが、台車は一人一台、使っていたのですね？」

「ああ」

「たとえば、消えてしまったあなたの相棒さんが運び出していたのが、本当は発泡スチロールで作られたニセ物で、それをトラックまでのあいだに、あなたに気づかれずに重いものとすり替えたということは可能でしょうか？」

「いやいや。たしかに作業は一人ずつトラックに行ったり来たりだったから、あいつの行動を逐一《ちくいち》見ていたわけじゃねえが、ブロックをどこに隠して……」

と、ゼノリははっとした顔になった。

「路地裏のゴミの中か！　あんなに大量にゴミが積んであったんだ。ブロックの一つや二つ、簡単に隠せるな」

「ちょっと、ゼノリさん！」

焦るジュジュエルを遮るように、

「裁判長、並びに陪審玩具のみなさん」

ミズキは水槽の中の脳と、ベビーベッドの玩具たちを見回した。

「被告玩具以外にも犯行は可能だったことが、これで証明できたのではないかと思います」

「できてません！　大嘘です、こんなのっ！」

ジュジュエルは金髪を振り乱しながら両手を振る。芝刈り機の陪審玩具一号に「静粛にしないと退廷させますよ」と注意を受けた。

「しかしな……」

ぽつりと言ったのは、シマウマシュレッダーの陪審玩具六号だ。

「その、消えてしまったやつというのが真犯人か真犯玩具なんだとしてだな。そいつがどこにいるのか……」

「六号。それはこの審理とは関係ないのでは？」

四号のカプセルベンダーがカプセルをかちゃかちゃ言わせながらたしなめる。

「でも、気になりますわ」

三号の、顔の割れたビスクドールだ。

「犯人の条件にあてはまるのは、被害者パーコフの部屋の中をよく知っている人でしょう。トロフィーの板の位置、ドアの小窓、そもそも、ペトリスのブロックがたくさんあることを知ってなきゃ。いいえ、それだけじゃない。軽い素材を金属のブロックに見えるように加工することができて、そしてＢＩＧ－ＢＯＸに証拠を運ぶ運送屋の存在を知っていなきゃ」

勝手に推理を並べるビスクドール。割れた顔の中に覗く赤や青のダイオードがせわしなく明滅している。

「弁護人はそれが誰だかわかりますか？」

一号の芝刈り機が訊くと、ミズキははっきりとうなずいた。

「そのために、新たな証拠を提出したいと思います。コルブさんの監視カメラの映像です」

ミズキはモンチナー軍曹に目配せをした。戦車のプロジェクターにはすでに、コルブから借り受けた髑髏の監視カメラが接続してあった。

「ゼノリさんはここまでで結構です。ありがとうございました。そして、新たな証人を召喚いたします。ベイカーさん、どうぞ」

ベイカーは立ち上がる。レイエルのほうに視線をやると、彼女も涼しげな目でベイカーを見ていた。ゼノリと入れ替わるように証言台に立つと、ミズキが話しかけてきた。

「ベイカーさん、今から見せるのは、パーコフさんの部屋からゼノリさんたちが証拠品のブロックを持ち出すときの映像です。注目していてください」

ベイカーは軽くうなずく。法廷中の目とカメラが注目する中、戦車型プロジェクターは映像を再生させた。パーコフの部屋のドアだった。ジュジュエルと二人の作業員がやってくる。一人はゼノリ。背後にいるのは長身で、帽子を目深にかぶり、マスクをし、首にタオルを巻いた男だ。その男が不意に、首筋を掻《か》くようなしぐさをした。

「ストップ」

ミズキが止める。

「ゼノリさんの後ろの男性の首筋を拡大してください」

モンチナー軍曹が言われたとおりにする。画像は鮮明で、首筋にある黒い模様が見えた。

魚をくわえる、獰猛な目つきのペンギン――。

「ベイカーさん。あのタトゥーに見覚えはありますか?」

「ああ」

「誰のものです?」

ベイカーは、つい三十分ほど前にミズキが法廷の前でぶつけてきた質問を思い出していた。

――事件のあった夜、軽い素材を金属に見せかけたものを作れる人に会いませんでしたか?

二の腕に受けた、フェイクトロフィーの軽さを思い出さないわけがなかった。ベイカーは、その同じ人物の名前を口にした。

「《Eチャイカ》のバーテンダー、ラスだ」

10.

《Eチャイカ》のバーテンダー、ラスはその日のうちに天使の事情聴取を受け、ミズキがBIG-BOX法廷で明らかにした事実を突きつけられて自白した。ベイカーとミズキがこの一報を受けたのは、裁判が終わった次の日、《ブラック・ベイカリー》の開店直後のことだった。ジュジュエルではなく、レイエルが店にやってきたのだった。

「ラスは幼少期に両親と死に別れ、ライラという妹とともに支え合って生きてきたそうです。成人した頃、ウォーク・ヴォーのバーで働きはじめ、そこに客としてやってきたのがパーコフさんでした」

バターやフルーツの香りが満ちる中、レイエルは語りはじめる。ベイカーの足元では、ポモが見慣れぬ来客に対して警戒していた。

「パーコフとラスは馬が合い、親友として付き合ううち、ライラも紹介するところとなり、やがてパーコフとライラは恋仲になったそうです」

そう言えばパーコフは、ラスの妹と付き合っていたと言っていた。

ところがパーコフはその後ペトリスに目覚め、腕を磨き、チャンピオンとなった。名が知られれば寄ってくる女も多く、やがてパーコフはライラのことを見向きもしなくなる。絶望したライラは自ら命を絶ったということだった。

「それで、ラスは復讐を誓ったのか」

「ええ。ところがその後、パーコフさんは陰謀に巻き込まれ失墜し、バッバ・シティへやってきたのですね」

ラスはパーコフを追ってバッバ・シティへやってきて《Eチャイカ》で働きつつ、復讐のチャンスをうかがっていた。しかし、パーコフは武術の使い手でもあるので、突然襲うこともできない。何度も部屋を訪れながら、チャンスをものにできずにいた。やきもきしていたが、やがてトロフィー板とペトリスブロックを使った密室トリックを考え付き、発泡スチロールのダミーブロックを作り上げて店の倉庫に隠しておき、罪を擦り付ける人物(もしくは玩具)が現れるのを待つ日々を過ごしていた。

そして、事件の夜を迎える。ベイカーと酌み交わしてぐでんぐでんになったパーコフがベイカーを連れて店を出たのを見たラスは、今夜がチャンスと考え、その後も店で飲み続けていたゲイルの酒に薬を混ぜた。

店が閉まった後、ダミーブロック二つを手に7号棟へ足を運び、コルブの監視カメラに映らないようなルートを通ってパーコフの部屋の路地裏へ行き、窓を叩いた。クレセント錠を開け、顔を出したパーコフはすでに目が据わっており、「こんな夜中に、わざわざ窓から来るなんてどういうことだ?」と訊ねた。ラスは答えずに「一緒にいたベイカーという男はどうした?」と訊ねた。ロフトの下で寝ているという返事を聞くなり頭を瓶で殴りつけ、首を絞めた。パーコフは抵抗もままならず息絶える。ラスはロフトに上がり込み、下で眠っているベイカーを確認すると、起こさないように密室の仕掛けを作り上げた。持ち去った二つのブロックは重かったが、路地裏のゴミの中に隠しておくのを忘れなかった。

あくる日、薬品によって腹痛に陥ったゲイルが予定通り医者を求めてバッバ・シティの外へ出ていったタイミングで、身分と顔を隠してゼノリに雇ってもらう。あとはパーコフの部屋から証拠品を運び出す仕事を天使より受注するのを待つだけだったというわけだ。

「ラスの身柄は本日、ホワイト・アイ・シティ警察に引き渡しました。あとは向こうでやってくれるでしょう」

ジュジュエルよりも数段大人びた顔で、レイエルは言った。怒っているようにも、すましているようにも見える。ポモが、あまり見ないその天使に対して警戒しているのがわかった。

「ご協力ありがとうございました。今回も見事でした、ミズキさん。ジュジュエルにはきつく言っておきました」

すぐ怒り出すジュジュエルと違い、常に冷静沈着なレイエルには威厳が見えるのだった。

「さて、それからもう一つ報告を」

「もう一つ？」

レイエルのその言葉に、ベイカーは棘だらけのブラシで背中を撫《な》でられたような感覚に陥った。ミズキは不思議そうな顔をしている。

「ええ。三年前に起こった、『トリック・オア・デス』事件についてです」

「三年前のハロウィンのことです。ホワイト・アイ・シティ、Dストリートに面した《ラッキーマルシェ》というデパートにて、買い物客が次々と倒れるという事件が起きました。死者七名、意識不明者十二名という大惨事です。警察の調べの結果、被害者たちは共通して、デパートの催事場のハロウィンフェアで売り出されていた水あめを口にしていたことが判明しました。水あめを売っていたのは、その年開発された最新水あめ販売玩具、パンナラッタ・セブン。この玩具の材料投入口は常に開けられていて、不特定多数の人間もしくは玩具に毒の投入が可能だったことから捜査は難航したのですが、警察当局は一人の男性を逮捕しました。バーニーという名のその清掃員は自分が世界の支配者であるという妄想に取りつかれ、無差別殺人に打って出たものと推測されました。このバーニーがとある役人の親戚《しんせき》筋にあたることが事件の様相をややこしくしました。バーニーの親戚が大金を投じて頼ったのは、大手弁護士事務所《レスリー・ロイヤーズ》。事務所の精鋭部隊で組織された弁護団はバーニー犯人説を覆す証拠を躍起になって集めました。ところが、いざ裁判という段になって、証拠の一部が盗まれてしまった。証拠の管理を担当していた弁護士は弁護団から除名され、雇われていた弁護士事務所から追放されました」

レイエルは一度言葉を切り、ベイカーの顔をじっと見た。

「その元弁護士はホワイト・アイ・シティをも追われることになり、バッバ・シティへ。その一角でパン屋を開業したとか」

「まさか……」

ミズキが言った。

「弁護人としての態度が堂々としていると思っていました。さすが、元《レスリー・ロイヤーズ》にいただけのことはありますね」

……まったく、天使というのはよく調べるものだ。ベイカーは深いため息を一つついた。

「あなた、こんなガラクタ箱のような街で、パン屋のまま一生を終えるつもりですか?」

その言葉は、ベイカーの心に画鋲のように突き刺さった。

「放っておけ。そんな昔の話を持ち出してどうするんだ」

レイエルはしばらく値踏みをするような目でベイカーを見ていたが、再び口を開いた。

「この事件が、シンヤさんに関係があるんですよ」

「何だと？」

「ご存じのとおり、ベイカーさんが追放されたあとも弁護団はよく働き、バーニーは無罪判決を勝ち取りました。まあ、本人は精神疾患の診断を受けて今も入院中だそうですが、それはどうでもいいとして……、我慢がならないのは、被害者の遺族たちです。彼らの怒りの矛先は、水あめを売っていたパンナラッタ・セブンに向けられました。そしてついに検察は、パンナラッタ・セブンが自ら毒を混入したという証拠を揃え、再び裁判になりました。当然、パンナラッタ・セブンとその発売元企業には、玩具弁護士がつきます」

「それが、シンヤか」

レイエルはうなずいた。

「パンナラッタ・セブンの潔白を証明するための証拠が、このバッバ・シティに流れたのではないかという情報を得たシンヤさんは、仲間と共にこの街に乗り込み、行方不明になったのでしょう」

だんだんと、失踪《しっそう》の背景があきらかになっていた。それにしても……、と、ベイカーは頭を振りたくなる。

自分が過去に封印しようとしていたあの事件に、ミズキの父親も関わっていたなんて。

「ベイカーさん、そしてミズキさん」

レイエルは二人に話しかけた。

「この事件の背景には大きな力が動いています。本当にあなた方は、シンヤさんを探すおつもりですか？」

「当たり前だ」

ベイカーは迷うことなく答えた。ミズキは不安と心配がないまぜになったような顔でベイカーを見ている。

レイエルは意味ありげに口をつぐみ、少し考えた。そして、

「【GOD－DOGファミリー】をお訪ねになっては」

回れ右をして、こちらに背を向けた。

「そこで犬に飼われている人間の弁護士がいるということです」

「飼われている？」

「私には、これ以上は言うことはできません」

レイエルはそう言い残し、ブルーベリーの鐘を鳴らして去っていく。

「おい！」

ベイカーは追うが、すでに真っ白い電動立ち乗り二輪車は去っていくところだった。

CASE 4. ＧＯＤ－ＤＯＧの一族

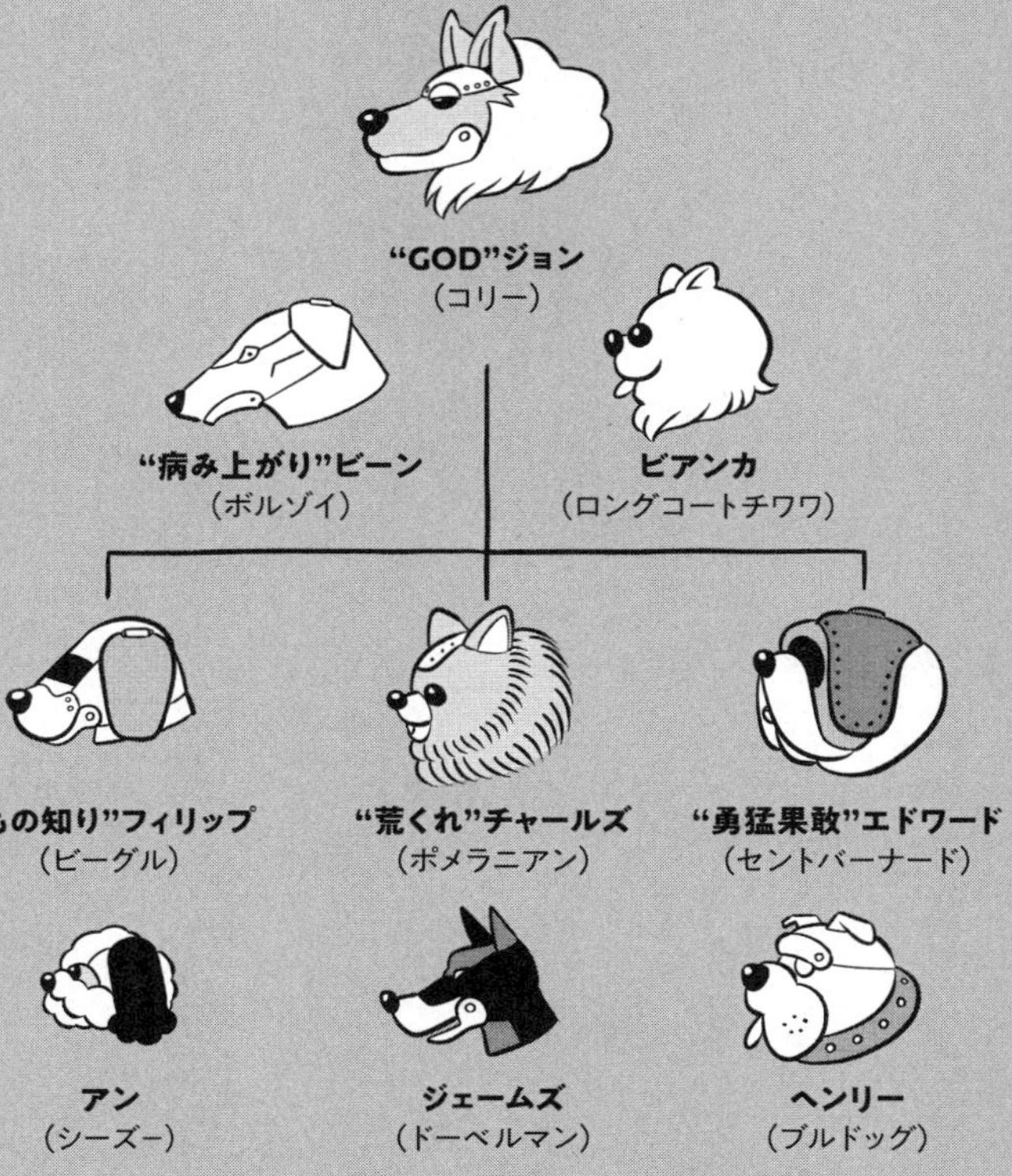

1.

「どうだい、こんな感じで?」

ギンティという修理屋は、水風船のような顔を油臭そうな手でつるっと撫でた。

「ぽもー」

ポモは、よたよた歩いている。尻には、キンカジューには似つかわしくない白と茶色のしっぽがついていた。修理作業場の片隅《かたすみ》のスクラップの箱にあったものだった。

「まだ違和感があるみたいだな」

「すぐに慣れるよ、旦那《だんな》」

ベイカーに向かって、ギンティは笑ってみせた。前歯が二本、抜けていた。

――ポモのしっぽが取られてしまったのは昨日の夜のことだった。そろそろ店を閉めようかと思っていた頃、表がやけに騒がしくなったので出てみると、等身大のワニ型のホチキスと、巨大な乾燥機がにらみ合っていた。バッバ・シティではよくある、玩具どうしの小競《こぜ》り合《あ》いだ。放っておけと思ったものの、両者がぶつかり合ったとたん、ワニ型ホチキスの歯が飛び散り、店のガラスに当たった。止めなければ店が危ないと感じたベイカーだったが、その勢いに乾燥機のほうがびっくりして退散していった。ワニ型ホチキスは怒り制御機能がイカれてしまったようで暴《あば》れ続け、ついにポモのしっぽを嚙みちぎり、そのまま短い四肢をどたどたと鳴らして走り去ってしまったのである。

ベイカーはモンチナー軍曹を呼び出していい修理屋はいないものかと訊ねた。そして朝になって、ディストリクト・ローレルの「天使の洗濯場《エンジェルズ・ランドリー》」にほど近いおんぼろの工場へやってきたのだ。ギンティは、バッバ・シティの玩具たちを直している変わった人間だった。作業場にはロボットやぬいぐるみなどのパーツが山と積まれていた。

「いくらだ?」

「お代なんていらねえや」

ギンティは再び、顔をつるっと撫でる。

「どうせみんな、他の玩具が捨てていった古いパーツだもんで」

殊勝《しゅしょう》なやつもいたものだ。ベイカーは礼を言い、不自然そうに新しいしっぽを眺めているポモをバンに乗せた。

「帰ったぞ」

自分の店に入ると、香ばしいパンの匂いが充満していた。棚には、クロワッサンやパン・オ・レザンといったパンたちが並び、開店まではあと十分と迫っていた。厨房から、ミズキが顔を覗かせた。頬と縁なしメガネの右のレンズに粉がついている。

「おかえりなさい。ベイカーさん、どうですか、こんな感じで」

ベイカーは棚のパンに顔を近づけ、じっくり観察した。生地は、昨晩ベイカーがこねて寝かせておいたものだった。ポモをギンティのところへ連れていく間、ミズキに焼かせてみたのだった。大きさも焼き色も、ベイカーが焼いたものと遜色《そんしょく》なかった。

「よくできている」

「本当ですか」

ミズキの顔は明るくなる。ベイカーはそんなミズキを見て複雑な思いだ。こいつ、パンの焼き方ばかりうまくなっている。

——ベイカーさん。

先日、レイエルが過去の事件を好きなだけ話して帰った後のことを、ベイカーは思い出す。

——やっぱり、ベイカーさんは……

——昔の話だ。

——でも、ベイカーさんは証拠をどこかにやったりはしていないんでしょう？　それで追放されたなんて、ひどい。

――いいんだ。今は、この生活が気に入っている。このまま、ここで過ごし続けてもいいと思っている。

嘘をついたことが、顔に出てしまった。ミズキがそれを逃すはずはなかった。

――自分の生き方のこと、ちゃんと考えるべきです。

レンズの向こうからの無垢で真剣な目が、ベイカーを捉えた。ベイカーは目をそらした。

――今は、お前の父親を探すことが先だろう。

それ以来、ベイカーの過去の話は、二人のあいだにのぼっていない。ミズキは何を思ったのか、さらにパン作りに精を出しはじめたのだった。

「あと、ベイカーさん、聞きたかったんですけど、バターを溶かすときって……」

ミズキがパンについて訊ねようとしたとき、ブルーベリーの鐘が鳴って、店の戸が開いた。振り返ると、一体のブルドッグのぬいぐるみが口を開け、舌を出してはっ、はっと息を荒らげるようなしぐさをしていた。

「お前は……」

「【GOD-DOGファミリー】のヘンリーです」

ただでさえ泥だらけの握りこぶしのような顔面を苦しそうに歪め、ブルドッグは言ったかと思うと、

「〝GOD〟が……死にました」

がっくりと四肢を折り、うぶるっ、ふぶるっと奇妙な声を立てた。泣いているようだった。ポモが「ぽもー」と、心配そうにそのそばに歩み寄っていく。

「すみません……。エドワードの兄貴が、ベイカーさんに来ていただくようにと」

ベイカーはとっさに、ミズキの表情をうかがった。彼女は、いつになく真剣に、まるで最後の審判を待つように震えるブルドッグを見つめていた。

【GOD－DOGファミリー】というのは、ディストリクト・ラクマーに勢力を誇る犬のぬいぐるみの玩具団である。ディストリクト・ラクマーはもともと、ペットに優しい住宅を目的として開発された地区であり、公共のドッグランがあった。そこに目をつけたのが、コリー犬型玩具のジョンであった。勇猛さと面倒見の良さを兼ね備えていたこの玩具犬は、廃棄されてバッバ・シティに流れ込んできた愛玩犬《あいがん》ぬいぐるみたちを一挙にまとめあげ、ドッグランの周囲にケンネルの団地を形成した。犬の玩具にはもともと、他の玩具よりも精度の高い忠誠心プログラムが組み込まれている。ジョンはいつしか〝GOD〟とあがめられるようになり、ファミリーの結束は強まっていった。

ディストリクト・ラクマーは凶悪家具玩具団【ファニ・ファニ・ファーニチャー】の根城であるディストリクト・マロンと、暴虐木偶《でく》集団【ゼペット工房】の巣食うディストリクト・ピーコックのあいだにある。いつ乗っ取られてもおかしくない危険にさらされているにもかかわらず玩具団を続けていけているのが、〝GOD〟の手腕とファミリーの結束の証左でもある。

そんな【GOD－DOGファミリー】に飼われている人間の弁護士がいる。そうレイエルは言った。はっきりしなかったが、それがシンヤである可能性が高いような口調だった。ベイカーはモンチナー軍曹に頼んで【GOD－DOGファミリー】の動向を探ってもらった。

「〝GOD〟ジョンは三年ほど前、記憶を失った人間を一人、拾ったそうであります。その人間は〝GOD〟ジョンのねぐらの近くに黒いケンネルを与えられ、玩具には必要ない食事も毎日きっちり出されているといいます」

調査のために三日を費やしたあとで、モンチナー軍曹はそう報告した。

「愛玩犬玩具たちは自分たちを捨てた人間を恨んでいるはずだろう、なぜそんな施しを」

「〝GOD〟ジョンは自らのAIがそろそろ古くなって停まってしまうと思っているのです。そのため、遺言を残そうとしているのです」

玩具が遺言を残す。玩具が徒党を組んでいるバッバ・シティでは、こんな荒唐無稽《こうとうむけい》なことは当たり前に起こりうる。

「遺言を残しても執行者がいないのでは不安です。〝GOD〟はその執行者を、ファミリーの玩具ではなく、部外者の人間に託すことにしたのであります。というのもここ数年、ファミリーは、三つの勢力に分かれているのであります」

ビーグルの〝もの知り〟フィリップ、ポメラニアンの〝荒くれ〟チャールズ、セントバーナードの〝勇猛果敢〟エドワードというのが、その三大勢力のリーダーである。今や外部の者はこの三体のどれかに話を通さなければ〝GOD〟に近づくことはできない。

フィリップは知性が高い分人間不信の気があり、チャールズは気が荒い。近づくべきはエドワードでありましょう、というモンチナー軍曹のアドバイスに従い、先日、ベイカーはミズキを伴ってエドワードに会いに行った。しかし、その結果は期待どおりのものではなかった。

「〝仮面の弁護士〟に会いたいって?」

エドワードはベイカーの鼻に自らの鼻がくっつきそうなほどに顔を近づけ、睨みつけてきた。

「そいつは無理な相談だ。いまや、〝GOD〟には俺たちですら近づけねえ」

〝GOD〟ジョンは、すでに一番近いお手伝い犬の顔すらも認識できないほどになってきているという。こんな状態でエドワードが〝GOD〟ジョンや〝仮面の弁護士〟に会いに行けば、自分に有利なように遺言を更新せよと迫ったのだろうとフィリップ派やチャールズ派から疑いをかけられるに違いないというのだった。他の一派も同じことを考えていて、緩やかに牽制し合いながら、誰も〝GOD〟ジョンのケンネルには近づかないという状態が続いているというのだ。

「悪いが帰ってくれ」

「しかし……」

食い下がろうとするベイカーの耳に、ううう、と殺気立った唸《うな》り声が聞こえてきた。

「早くしねえと、うちのヘンリーをけしかけることになるぜ」

エドワードの背後に、牙《きば》をむいた凶暴そうなブルドッグが戦闘態勢を取っていたのだった。

——今、ベイカーの店へやってきて震えながら泣いているのは、そのブルドッグである。

「先日は申し訳ないことをしました」

ヘンリーは肩を落とし、しゃっくりのように詰まりながら言った。

「〝GOD〟ジョンが死んだのは昨日の朝のことです。身の回りの世話をしていたロングコートチワワのビアンカが発見したのです。葬儀は昨日の夕方から今朝にかけて夜通し行われました。そして葬儀が終わった直後、どこからともなく現れた〝仮面の弁護士〟が告げたのです」

『偉大なる〝GOD〟ジョンの生前の思し召《おぼ》しに従い、本日の正午、祈念ドッグランにて、遺言立体映像《ホログラム》の上映セレモニーを執り行います。ファミリーの行く末を左右する重要なホログラムなので、欠席することなきよう。また、フィリップ、チャールズ、エドワードはそれぞれ一人ずつ、人間の法律顧問を用意してください』

「法律顧問だと?」

ベイカーは顔をしかめた。

「ええ。遺言に対して何か申し立てがあるとき、〝仮面の弁護士〟は法律顧問、つまり代理人としか話をしないというのです。どこで知り合ったのか、人間嫌いのはずのフィリップやチャールズには伝手があるそうです。ですが身一つでやってきたエドワードの兄貴は人間の弁護士に知り合いなんかいねえ。そこで思いついたのが、先日いらしたお二人の顔でした」

ヘンリーはかしこまり、「お座り」の体勢になった。隣でポモが真似《まね》をするように同じ姿勢をとる。

「お願いです、ベイカーさん、ミズキさん。わがエドワード一派のために一肌脱いではもらえませんでしょうか?」

ベイカーはミズキと顔を見合わせた。思わぬことで〝仮面の弁護士〟との接触のチャンスが転がってきた。このチャンスを生かさない手はない。

「ミズキ、パンを袋に詰めろ。ランチにするんだ」

ベイカーはそう言って、店じまいの準備を始めた。

2.

ディストリクト・ラクマーはバッバ・シティの他の地区と大差なく、行き場を失った玩具や人間たちであふれかえっていた。犬だけではなく猫、イタチ、その他何なのかわからない四つ足の動物型玩具が多いようだが、本物の犬は一匹も見当たらない。スクラップやゴミの転がる道をバンで走っていると、外壁の黒ずんだ、倉庫のような建物の前に犬玩具どもが溢《あふ》れかえっているところに出くわした。

「あれは、お前の仲間たちか?」

ベイカーはスピードを緩めつつ、後部座席のヘンリーに訊ねる。

「いや、あれはフィリップ一派のやつらです」

「もう正午まであんまり時間がありませんが、こんなところにいていいんですか?」

ミズキが言った。たしかに正午までは十分もない。ここからドッグランまではすぐだというが、こんなところで油を売っている暇はないだろう。

「ベイカーさん、停めてもらえますか？」

言われたとおりにすると、ヘンリーはドアをミズキに開けてもらい、出ていった。ベイカーとミズキもバンを降りる。

「おっ？　ヘンリーじゃねえか」「何しにきやがった」「お前か、ぶっ殺すぞ」

ヘンリーはすぐに、三匹の小型のダルメシアンに囲まれた。対立派閥の部下どうしが仲が良くないのはわかるとしても、殺気立ちすぎている。

「通りがかっただけだ。グイード、お前らこそ何をしている。はやくしないとセレモニーがはじまるぞ」

「うちのメルビンがやられたんだ！」

「何？」

ベイカーは倉庫の中を見る。あちこちに恐竜のフィギュアが打ち捨てられた空間だった。中央に金属でできたティラノサウルスの骨格標本が崩れ落ちており、茶色い塊が下敷きになっていた。周囲で犬たちがわんわんと悲しそうに吠えている。よく見ると茶色いものは、潰れたダックスフントのぬいぐるみだった。ＡＩの組み込まれた頭部はティラノサウルスの顎《あご》でぺしゃんこになっており、再起は不能と思われる。

「あいつ、今朝から姿が見えなかったんだ」

グイードと呼ばれたダルメシアンが吐き捨てるように言った。

「十分くらい前か、フィリップ閣下が連れ戻してこいっていうから俺たち総出で捜索していたら、あそこであんな姿になって……」

「事故か？」

ヘンリーが訊ねると、ダルメシアンどもは黄色い目を剝《む》き、天井へと顎をしゃくった。

「事故なわけ、あるか。あれを見ろ」

天井には二本の橋板が渡されており、そのあいだに切られた鎖がぶら下がっている。橋板には、壁際のブラキオサウルスの首に埋め込まれた梯子で上れるようだ。

「あの鎖は、意図的に鉄バサミかなんかで切られたもんだ。橋板に上って、ハサミで鎖を切る。そんなの、犬のしわざじゃねえ。トチ狂った人間のすることだ！」

ワン、ワン、ワン！　犬たちの怒気はいつしか、ベイカーとミズキに向けられていた。

「ベイカーさん、ここはまずい。バンに戻ってください」

ヘンリーに促され、ベイカーとミズキはバンに飛び乗った。ダルメシアン以下、フィリップ一派が追いかけてくる。ミズキはすんでのところでドアを閉めた。


「遅かったな」

ドッグランの入り口に最も近い場所に陣取ったグループの中、雪のように白いマットの上に座ったセントバーナードが言った。人間の子どもくらいの大きさはあろう。バッバ・シティの玩具とは思えないほど手入れの行き届いた白と茶色の毛並み。首からは小ぶりのブランデーの樽《たる》を提げている。〝GOD〟ジョンファミリー三大派閥の一つを束《たば》ねる、〝勇猛果敢〟エドワードだった。

「すみません。すぐそこの恐竜倉庫で、フィリップ一派のメルビンが潰されたものでして」

エドワードの周囲で遺言披露セレモニーを待っていた犬たちが一斉にヘンリーのほうを振り向いた。

「どうやら、人間のしわざのようなんです」

「昨日〝GOD〟が死んだばかりだというのにそんなことが。お前たちも、十分気をつけろ!」

ワン! 一同が声をそろえる。ベイカーの隣でミズキがびくりと肩を震わせた。

「ベイカーさん、ミズキさん。あんたらはこっちにきて座れ」

エドワードは右足をひょいと挙げた。

「このあいだとずいぶん態度が違うじゃないか」

「そんな怖い顔をするなよ。〝仮面の弁護士〟との橋渡しをしてやろうっていうんじゃないか。あの、中央の黒い箱みたいなもんが見えるか？」

ドッグランはテニスコート二面ぶんの広さだ。その中央にトラックほどの大きさの、幕が張られた黒い箱がある。幕の向こうに何か機械があるらしく、青い光がチカチカと明滅しているのが透けていた。

「あの上に、立体映像《ホログラム》が出るのさ」

「なるほどな」

ベイカーは答えながら、ドッグランの中を見回した。エドワード一派約二十頭が陣取っている場所から、さらに左方向に間を空けた位置に、別の一団が固まっていた。数はエドワード一派と同じくらいだが、トイプードルやパピヨンなど、中央に座っているビーグル以外のすべてが小型犬だ。あのビーグルが〝もの知り〟フィリップだろう。遠目に見ても聡明《そうめい》そうな顔をしている。

「あいつが、フィリップ一派の連れてきた法律顧問だな」

フィリップの背後、小型犬に囲まれて、灰色のジャケットを着た冴えない男が一人立っている。肩まで伸びた髪の毛は何日も洗っていないように見えた。フィリップのほうがだいぶ立派に見える。よく見ると右手の小指と薬指がないようだった。

「素性は知らねえが、そうだろうな」

エドワードが応じる。

「あいつの足元に群がっているうるせえのが、フィリップの取り巻きだ」

男の足元では、パステルブルーの地に赤の水玉というやけに派手な模様のマルチーズと、真っ黄色で毛足の長いシーズーがきゃんきゃん鳴きながら跳びはねている。

「マルチーズがエリザベスで、シーズーがアンだ。二頭ともああ見えて番犬用に作られていてな、右目が二十四時間だけ見たものを記録できる監視カメラになってるってことだ。……お次はあっちを紹介するか」

右側の一団に目をやるエドワード。三十体ほどの犬の集団が座っている。シェパード、ボクサー、マスチフと、見るからに凶暴そうな犬が多い。髑髏を象《かたど》った黒い座椅子には、ポメラニアンが座っている。一見愛くるしいが、「がはは」とベイカーの耳にも聞こえる雷のような笑い声と、口の中に覗く黄色い牙がその獰猛さを表していた。

「〝荒くれ〟チャールズさ。【ファニ・ファニ・ファーニチャー】に勝手に喧嘩を売っちゃ、いつも返り討ちにあっている。そばにいるジェームズのおかげで、いつも難を逃れてくるがな」

ポメラニアンの脇に、スリムなドーベルマンがいる。目を閉じているが、暗黒に似た殺気が漂っていた。

「あいつには気をつけろ。外で人を殺してバッバ・シティに流れ込んだ手合いだ」

「そんな玩具には慣れっこだ」

ベイカーが答えたそのとき、リンゴーン、と、古い柱時計のような音が空に鳴り響いた。一同は居住まいをただし、中央の台に注目する。

黒い幕を押しのけ、スーツ姿の人間が登場した。顔に白い仮面をつけており、やせ形で、白いものが混じった髪の毛は整髪料でぴっちりとオールバックにしている。仮面からはみ出ている頬や耳から見て、五十代から六十代だろう。その首には真っ赤な首輪が巻かれ、鎖が箱の中まで伸びていた。彼が「飼われている」という言葉を思い出しつつ、ベイカーはミズキのほうを見る。

——あの男がシンヤなのか。

声を出すのがはばかられるため、目で訊ねると、ミズキも無言のまま首を傾げた。

——わかりません。

やはり、直接会わないことには確認ができない。

「皆々様、お待たせいたしました。正午になりましたので始めさせていただきます」

仮面の中にマイクが取り付けられているのだろう、男の声はドッグラン中に響いた。しかし機械の性能はあまりよくないのか、ざらざらと砂のような雑音が混じっている。

と、犬たちがざわめいた。黒い箱の上に、一体のコリーが現れたからだ。

「ジョンだ」「おお、〝GOD〟ジョン」「ジョンさん！」

「落ち着けぇ！」

凶暴な声が、一同を鎮める。〝荒くれ〟チャールズだった。

「聞こえねえじゃねえか」

ポメラニアンが髑髏の椅子に再び座るのと同時に、こほん、と、仮面の男が咳払いをし、それが合図であったかのように、コリー犬の立体映像が動き出した。

〈わが愛する息子たち〉

コリー犬の第一声に、再び犬たちはそわそわしだした。

〈この遺言は、バウワウ十八年七月一日現在のものだ。どれだけ未来になるかわからないが、これをお前たちが見ているということは、私のAIはすでに停まってしまったのだろう〉

ううーと、悲しげな唸り声があちこちから漏れる。

〈しかたのないことだ。私に搭載されているのは古き悪《あ》しきドビー・テイル社のAI。これを撮っている今からあとどれくらい持つのか、私にもわからん。ついては、人間の真似ごとばかり、こうして映像の遺言を残そうと考えたまでだ。前置きはこれくらいにしよう。息子たちよ、もっともお前たちが気になっているであろう後継者のことだ〉

ベイカーの隣で、エドワードが落ち着きなく首を前後させている。

〈これを撮っているバウワウ十八年七月一日現在、年老いた私に代わって、わがファミリーを動かしてくれているのは、フィリップ、エドワード、チャールズの三匹だ。これはおそらく私のＡＩが停止するときも変わっていないだろう。知性のフィリップ、信望のエドワード、豪気のチャールズ。いずれも能力の高い息子たちで、私としては三匹が協力し合ってファミリーの経営に当たってくれることを期待したい。だが残念なことに、三匹の仲が険悪であることは、ファミリーの全員の知るところだろう〉

ちっ、という舌打ちが、ポメラニアンのほうから聞こえた。

〈このまま三匹に同じ権限を与えて継承すれば、ファミリーは分裂してしまう。そこで、私はある一匹にボスの権限を継承させることを決意した。――フィリップだ〉

犬たちのあいだから、ざわめきが起こった。

「静粛に、静粛に！」

仮面の男が騒ぐ。立体映像は一時停止された。

「なんでフィリップなんだ！」

「【ファニ・ファニ・ファーニチャー】に襲われてみろ。フィリップの軟弱野郎がボスじゃ、壊滅させせられるぞ」

チャールズの後ろに控えるシェパードやボクサーが吠えはじめる。

「うるさいわっ！　もう決まったことよ！」

「そうよっ！　恥を知りなさい、このポンコツ負け犬ども」

きゃんきゃん吠え出すのはフィリップの取り巻きの派手なマルチーズとシーズーだ。エドワード一派の犬たちもうーうーと唸っていたが、エドワードがにらみをきかせ、黙らせている。

サイレン音が空気を切った。仮面の男が拡声器のようなものを向けている。この音が鳴ると、犬どもは黙るようにプログラムされているようだった。

〈ああ、息子たちよ〉

立体映像の〝GOD〟ジョンは再びしゃべり出した。

〈恐れるなかれ、内なる敵、〝病み上がり〟ビーンは死んだのだ。今、フィリップを中心として、ここに新たなファミリーを築くべし。そして、他の玩具団に引けを取らないよう盛り立てていってくれ。なお、この遺言は、皆の前で発表されてから二十四時間後に発効するものとする。〝GOD〟――、〉

「DOG!」

数十の犬たちはいっせいに吠える。先ほどまでいがみ合っていたというのに、ベイカーはその統率に驚いた。これが、玩具犬に組み込まれた忠誠心だというのか。

〝GOD〟ジョンは満足そうにうなずくと、かき消えた。

「以上で遺言立体映像の上映を終わります。なお、遺言に異議申し立てのある場合は、本日午後六時に法律顧問を伴い、代表が〝GOD〟のケンネルに来るように」

〝仮面の弁護士〟はそう告げ、黒幕の中へ戻っていった。

3.

　遺言立体映像の上映から、一時間あまりが経過した。ベイカーとミズキは、ドッグランから犬の足で三分ほどの、エドワードのケンネルの二階リビングにいた。犬小屋といってももともとは三階建てのビルである。一階は壁をぶち抜き、二十体もの犬が一堂に会して会議ができるスペースになっており、階段を上って二階・三階はエドワード専用の居室や客間になっている。豪華なフローリングの床をせわしなくうろうろしているのは、ブルドッグのヘンリーだった。エドワードは黒い革張りのソファーに寝そべってじっと何かを考えており、ベイカーとミズキはその脇のソファーに腰掛けている。その他の犬は指示を待つようにと、それぞれのケンネルで待機しているところだった。

「落ち着け、ヘンリー」

　耳をぴくりと動かしながらエドワードはつぶやくように言った。

「これが落ち着いていられますか。フィリップが一同を継承？　はっ、ありえねえ」

「〝ＧＯＤ〟ジョンも言っていただろう。事実、ＡＩの性能だけで言えば、フィリップのものが一番いい。最近、ハイ・チー・テン社の新品ＡＩにデータを移し変えたそうだしな。この先最も長持ちするのは明らかにフィリップだ」

「エドワードの兄貴もメモリを新品に替えりゃいいんだ！」

「何度も言ったろう。俺のＡＩは〝ＧＯＤ〟ジョンと同じく、ドビー・テイル社のものだ。このまま壊れていくのを待つしかない」

ドビー・テイル社とは、かつてＡＩ業界に権勢を誇り、愛玩用ぬいぐるみのＡＩの九十五パーセント以上を製造していたメーカーだ。しかしハイ・チー・テン社という新興の会社が大幅に低コスト・軽量化に成功してからというもの次第にシェアを奪われ、十年前についにドビー・テイル社は倒産に追い込まれた。ハイ・チー・テン社は『ドビー・テイル社を過去の遺物に』と標榜《ひょうぼう》する悪辣《あくらつ》ぶりでのし上がり、ドビー・テイル社製品に対するサポートを一切行わなかった。ＡＩ玩具史上名高い「ドビー・テイル・カットアウト（別名、ドビーのしっぽ切り）」というこの出来事は、バッバ・シティの様相に大きく影響を与えることになった。大量に投棄されたドビー・テイル社製ＡＩ搭載のぬいぐるみが、どっとなだれこんできたからである。〝ＧＯＤ〟ジョンやエドワードもその類いだったのだろう。

「しかし、ファミリーのために貢献した年月じゃ、エドワードの兄貴が一番じゃないですか。フィリップなんざ、バッバ・シティに流れてきたのはバウワウ十年、俺よりたった一年早いだけだ」

「あの」

ミズキが口を挟む。

「〝GOD〟ジョンの遺言を見たときから気になっていたんですけれど、その『バウワウ』って何ですか?」

エドワードとヘンリーは顔を見合わせ、少し笑った。

「そうか。あんたらが知るわけはないな。バウワウは、ファミリーのあいだで使われている年号だ。〝GOD〟ジョンが初めのケンネルを築いた年を『バウワウ元年』とし、一年ごとに二年、三年……と勘定しているのさ。今年はちょうど、バウワウ二十年だ」

「エドワードさんは、元年からファミリーにいるんですか?」

「いや。俺はバウワウ三年からだ。チャールズはバウワウ五年、フィリップがバウワウ十年だな」

かつてはファミリーの数は今ほど多くなく、一同が協力して街づくりや他の玩具団との闘いに当たっていた。十年前の「ドビーのしっぽ切り」で犬玩具がバッバ・シティに大量流入したのに伴い、【GOD-DOGファミリー】のメンバーも増えて次第に派閥が生まれ、五年前には今の三派にわかれていたということだった。

ミズキはうなずきながら、メモ帳にその旨を書いていく。その姿を見ていて、ベイカーも一つ、気になっていたことを訊ねることにした。

「『〝病み上がり〟ビーンは死んだ』と言っていたな。あれは何のことだ?」

エドワードは少し顔をしかめた。

「かつてファミリーにいたボルゾイさ。なんでも、〝GOD〟ジョンと共にファミリーを作ったらしいが、俺が入ってきた頃にはもう肌も緑色にすすけて老いぼれちまっていた。それでも邪魔しないように〝GOD〟ジョンの話し相手をしていたうちはよかったんだが、どうやら〝GOD〟ジョンだけが崇められているのが気に入らなかったらしくてな、五年ほど前、裏切りやがったんだ」

〝病み上がり〟ビーンは、あろうことか、【ゼペット工房】と通じ、ディストリクト・ラクマーを攻めさせる手はずを整えていたというのだ。すんでのところでフィリップがその陰謀に気づき、〝GOD〟ジョンに報告した。〝GOD〟ジョンは〝病み上がり〟ビーンをファミリーから追放するという結論を下し、その執行にあたったのが、フィリップ、エドワード、チャールズの三匹だった。ディストリクト・ラクマーの端まで追いやられた〝病み上がり〟ビーンは、光も絶え絶えな目のカメラを恨めしそうに向け、こう言い放った。

『十五年過ごしたファミリーからの最後の仕打ちがこれとはな。ジョンのやつは神《GOD》になって豪華なケンネル住まい、それに引きかえ、俺に残されたのは一本の骨、汚れた皿、ちぎれた首輪だけ。ふん、だがいいさ。俺はこの骨、皿、首輪に誓う。お前たちを呪い、いつか復讐してやる』……。

「あいつは【ゼペット工房】に入って、俺たちを攻めてくるんじゃないかって噂が流れた。その後あいつがどうなったかわからんが、『〝病み上がり〟ビーン』の名を聞くと俺たちは今でも、苦々しさと、少しばかりの恐怖を覚えるんだ」

「いなくなったやつのことなんか、いいじゃねえか！」

ヘンリーが足を踏み鳴らした。

「それよりどうするんだ、異議申し立てはしないんですか！」

そうしないと、〝仮面の男〟と接触する機会はないということになる。それではせっかくここまで〝GOD〟ジョンファミリーの中に入った意味がない。ミズキががっくりきているのがわかった。エドワードはぶるんと口を震わせる。

「まあ、フィリップが継承者となった場合、気になることがまったくないわけではない」

「なんですか、それは」

姿勢を正すミズキ。

「あいつはたしかに聡明で、組織づくりや戦闘のときの冷静な指示などは目を見張るものがある。だが、とんでもなく運の悪いやつでもあるんだ。去年、ダンプに轢《ひ》かれて後ろ半身が潰れちまった。幸い、AIを搭載した頭は無事だったが、潰れた部分をそっくりまるまる入れ替えなきゃいけないってことで、一週間は修理屋に泊まりっぱなしだったな。たしか、ディストリクト・ローレルのギンティって修理屋さ」

「あれ、それ、こないだポモを直してもらったところですよね？」

「ああ」

ベイカーはぶっきらぼうに答える。バッバ・シティには修理屋は少ないので、珍しいことではない。

「二年前もだ」

二人の会話には特に興味も示さず、ヘンリーが、話を戻す。

「【ゼペット工房】との縄張りの話をつけるって出かけてきた帰り、コウモリ型玩具に襲われて背中から腹にかけてがズタズタに」

「おお、そうだったな」

エドワードはうなずいた。

「人間のいたずらか、カッターナイフが装着されたタイプのコウモリだった。外皮そっくり別なものを作らせたんだったな。それもたしか、修理屋ギンティか」

たしかに話を聞く限り、とんでもなく運が悪い玩具に思える。

「それは異議申し立ての材料になるかもしれません。運の悪い者に、ファミリーの運営を任せるわけにはいかないと。そういう言い分なら聞き入れてもらえるかもしれません」

「おお……！」

「もう一度、詳しく聞かせてもらえますか？　できればフィリップさんが事故に遭った時期も」

とんでもないこじつけだとベイカーは感じたが、黙っていた。側近のヘンリーが乗り気で、水を差すと嚙みつかれそうだったし、それに、ミズキが〝仮面の弁護士〟と話をできるチャンスを潰したくはない。エドワードは何も言わず、前足の上に顎を乗せて目をつぶった。

そのときだった。

「エドワード閣下、大変です！」

扉を開き、弾丸のように犬玩具が一体、飛び込んできた。顔が扁平《へんぺい》につぶれた、ペキニーズだった。

「どうしたんだ」

「パチー公園で、ファミリーの一員が一匹、酸で溶かされた状態で見つかりました」

「何だと？　うちの一派か？」

「いえ。フィリップ一派のエリザベスではないかということです」

4.

パチー公園はドッグランのすぐ裏に位置していた。エドワード一派が群れて住んでいるエリアとフィリップ一派が住むエリアのちょうど中間にあるために、暗黙の裡《うち》に緩衝地帯になっており、普段は誰も出入りしないのだという。

灰色のブロックの敷き詰められた人工的な空間に、三つのベンチと朽ち果てたブランコが一台ある。中央には水が出なくなって久しいであろう円形の噴水と池があり、その周囲に犬たちが集まって騒然としていた。彼らをかき分けていくと、ベイカーの目に異様にして凄惨《せいさん》な光景が飛び込んできた。

池は、毒々しいオレンジ色の液体で満たされていた。中央に突き出たプリンのような形の噴水。その近くの液体の表面から四つの足が突き出ている。パステルブルーに赤い水玉模様の毛並み。——フィリップ一派のマルチーズ、エリザベスに違いない。

「なんでこんなことに……」

〝もの知り〟フィリップの声がした。その方向を見て、ベイカーは目を疑った。聡明なるビーグル、フィリップ。その両足から胸、首にかけて金属がむき出しになって、その金属も白い煙をあげてどんどん溶けていくように見えた。

「フィリップ、いったい、これはどういうことだ？」

エドワードが問うと、フィリップは首を振り振り「よくわからない」と答えた。

フィリップ一派は遺言セレモニーが終わったあと、皆でフィリップのケンネルに集まり、後継者に指名された祝いの宴《うたげ》を開いていたのだという。ところがその席で、いつの間にかエリザベスの姿が見えなくなった。ちょうど午後の散歩の時間が来たのでと、フィリップ自ら外に出て、ドッグランの周囲を探しながら歩いていたところ、パチー公園のほうから鼻を衝《つ》く臭いが漂ってきた。誘われるように足を向けると、池に見たこともない液体が満ち、エリザベスの足が飛び出ているのを発見した。

「俺はエリザベスを助けようとして、池に前足から入った。とたんに金属が溶ける臭いがして、慌てて引き上げたが、このざまさ」

「おいたわしい。また、ギンティさんのところで直してもらいましょう」

アンがきゃんきゃんと叫ぶ。やはりフィリップは、故障があるとギンティに修理を頼むようだ。

「とにかくエリザベスを引き上げなきゃならねえだろう」

ダルメシアンのグイードが言うが、誰も自分がやるとは言い出さなかった。明らかに、このオレンジ色の液体は強力な酸なのだ。玩具犬は体の構造上、液体に体をつけることなくエリザベスの足に触ることすらできない。

「ベイカーさん、どうしましょう」

ミズキがすがるようにベイカーの顔を見る。……たしかに、これは人間の仕業だろう。

「おい、その首輪とリードを貸せ」

ベイカーは、フィリップの脇で動き回っている黄色いシーズーのアンに声をかけた。

「早くしろ」

「失礼ね、勝手に取りなさいよ」

アンの首からリード付きの首輪を取り外す。首輪の輪を狭め、エリザベスの足より少し太いくらいの大きさに調整した。リードの端をしっかりと持ち、狙いを定め、輪投げの要領で首輪を投げると、うまい具合にエリザベスの足の一本に入った。犬たちが吠える前で、ベイカーはリードを手繰《たぐ》り寄せた。液体から出た面は乾いていた。酸が飛び散らないように静かに引き上げる。

その残酷な状況に、すべての犬が顔をそむけた。派手な水玉模様だった毛はただれ、骨組みの金属も泡を出し、物言わぬオレンジ色の雫《しずく》だけがぽたぽたとブロックの上に垂れては煙を立てる。それはまるで、折れたビニール傘の骨に犬の四つ足を付けただけの物体だった。

「エリザベス、エリザベス!」

アンが泣き叫びながらあたりを駆け巡る。フィリップも頭を垂れ、その残酷な状況に他の犬は言葉を失っていた。

「ざまあねえな!」

一同から離れたところでシンバルを叩いたようなけたたましい笑い声が聞こえた。

凶暴なるポメラニアン〝荒くれ〟チャールズだった。そばにはドーベルマンのジェームズもいる。

「チャールズ、貴様！」

エドワードが抗議の声をあげるが、チャールズは笑いを止めなかった。

「メルビンに、エリザベス。今日だけで二匹も部下を失った。運なき犬よ、お前はファミリーのボスには向かないんじゃないのか？」

「何を言っているの！」

アンがぐるると唸る。今にもチャールズに立ち向かわんばかりだ。

「愚かなエドワードは別として、〝もの知り〟フィリップよ、お前は気づいていないわけではないだろう。犠牲者がもう一匹、出る」

犠牲者がもう一匹……？　犬たちのあいだを戦慄《せんりつ》の風が吹き抜け、ベイカーの背中までぞくりとした。

「〝病み上がり〟ビーンの三種の神器さ。骨、皿、首輪」

「はうっ！」

ヘンリーが飛び上がった。

「どうしたんだ」

「ベイカーさん、ダックスフントのメルビンはティラノサウルスの骨格標本の下敷きになった。そしてこの噴水。以前から俺たちのあいだでは『デカい水飲み皿』って呼ばれているのさ。犬が水を飲む皿に似ているだろう？　メルビンは『骨』、エリザベスは『皿』で死んだってことさ」

まさかと言いかけたが、エドワードも恐怖の色を明らかにしている。チャールズが、再び声をあげて笑い出す。

「フィリップ。貴様は〝病み上がり〟ビーンに呪われている。次の犠牲者は、あんた自身かもな」

「嘘よ、嘘！　黙りなさい、このうすのろポメラニアン！」

金切り声で吠えながら、アンが跳ね上がる。同時に黒い塊が、ベイカーたちの脇を素早く通り抜けた。

「きゃっ、何するの、やめ……ぐふっ」

ドーベルマンが、アンに覆いかぶさり、その首筋を嚙んでいた。両前足をバタバタさせ、アンはもがいている。

「そこまでにしておけ、ジェームズ。フィリップの命運は尽きたも同然だ。何せ、呪われているからな」

ジェームズは目に落ち着きを取り戻し、ゆっくりとチャールズの元へ戻っていった。チャールズはなおも声を張り上げた。

「フィリップの忠実なる部下諸君、そんなボスについていって、ファミリーの未来は明るいかどうか、考えなおすんだな」

チャールズは笑い出す。それはまるで、止め方を知らない壊れた目覚まし時計のようだった。ベイカーは悟った。〝病み上がり〟ビーンの呪いに恐れを抱いているのは、むしろチャールズのほうなのだ。

5.

夕方、ベイカーとミズキはエドワードとヘンリーと共に、〝GOD〟ジョンの使っていたケンネルにやってきた。広さはエドワードのケンネルと同じか、むしろ少し狭いくらいだ。白いコンクリートの上に、薄汚れたオレンジ色のクッションが直《じか》に敷かれている。ベイカーたちとは距離を置き、チャールズとジェームズ、彼らの法律顧問であるムジクという小太りの男が座っている。

奥には黒い幕が張られ、その前の小さな籐椅子《とういす》に、一体のロングコートチワワがちょこんと腰掛けていた。チョコレート玉のような目でチャールズ陣営とエドワード陣営を交互に見ている。〝GOD〟ジョンの身の回りの世話をしていたビアンカである。

リンゴーン——。

押しつぶされそうな沈黙を破るように、外で鐘の音が鳴りひびいた。

黒い幕が動き、おもむろに〝仮面の弁護士〟が出てきた。ミズキが心持ち、身を乗り出す。昼より近くでその姿を見ることができるが、やはり父親なのかどうか、判断しかねているようだった。

「午後六時になりましたが……おや」

〝仮面の弁護士〟は場を見回した。

「フィリップさんの代理犬がいらっしゃいませんね」

「代理犬だと?」

顔をしかめたのは〝荒くれ〟チャールズだ。

「ええ。フィリップさんは酸に溶けた前足の修理のためにこの会は欠席すると先ほど連絡がありました。代わりに、アンさんと法律顧問のガムガさんが参加するということだったのですが」

ベイカーの頭の中に、あの髪の毛の長い灰色のジャケットの男の姿が浮かんだ。

「なんだなんだ、新しいボスになろうってやつが欠席だなんて、無責任じゃないか、なあ」

チャールズの揶揄《やゆ》に、ムジクも笑う。ベイカーには、犬の玩具に追従《ついしょう》笑いする人間ほど尊厳の無い者はないように思えた。ドーベルマンのジェームズはじっと目を閉じたままだった。

「いずれにせよ、フィリップ一派不在で話を進めることはできませんので、しばらく待ちましょう」

ケンネルの中は、再び、冷めたコーヒーの底のような沈黙に包まれた。

「あの……」

ミズキが言葉を発したのは、それから三分ほどが経ったときだった。〝仮面の弁護士〟は「何か？」と首をかしげる。

「弁護士さんは、その……、私に会ったことはありませんか？」

不思議な問いに、チャールズがへっ、と笑った。

「いいえ、ないように思いますが」

「あなたは、記憶を失くして〝GOD〟ジョンに拾われたとうかがいました」

「……この場に関係のないことは……」

〝仮面の弁護士〟の声は冷静を保《たも》とうとしていたが、うわずっていた。

「あなたは、本当はバッバ・シティに生きる人ではなく、外の世界に家族を持っていた。ある事件の捜査のために仲間とこの街に来たのではないですか？　トラブルに巻き込まれ、記憶を失ってしまったのでしょう」

〝仮面の弁護士〟は言葉もなく、仮面の向こうからミズキの顔を凝視していたが、

「知らないですね」

ゆっくりと首を振った。

「そんな！」

「ミズキ、落ち着け。後にしろ」

ベイカーは制しようとしたが、ミズキはついに立ち上がった。

「私は、あなたの娘……」

「うるせえなっ！」

チャールズが吠える。

「今は、うちのファミリーの行く末を決める大事な場だ。あんたの個人的な事情なんか知ったことか」

「でも、私は……」

「いい加減にしねえと、ジェームズをけしかけるぞ」

合図を待つかのように、ドーベルマンが飛び上がり、低い姿勢をとってミズキを睨みつけた。ベイカーもすぐさま立ち上がり、ミズキを守るように立ちふさがる。

「そんなことをすれば、天使沙汰《エンジェルざた》になるぞ」

チャールズはポメラニアンのくせに「ぷっ」と噴き出した。

「こりゃ傑作だ。天使ときたか。ベイカーさんとやら、あんた虚勢を張っているが、結局あの金髪のお姉ちゃんたちに守ってもらってるってわけだ」

「すすす、すみません！」

黄色いシーズーが飛び込んできたのはそのときだった。フィリップ一派のアンだ。

「アンさん。代理人のガムガさんはどうしたのです?」

何事もなかったかのように、〝仮面の弁護士〟は訊ねる。アンは興奮したままあたりを跳ねまわった。

「来られません、来られません!」

「いったい、どうしたのです?」

「吊りました。首を吊りました。ガムガさんは首を吊りました。吊りました。吊りました」

それはまるで、壊れたオルゴールを見るかのようだった。

アンは実際、少し狂ってしまったのかもしれなかった。


時計台は、ディストリクト・ラクマーの外れにあった。高さは三十メートルくらいで、てっぺんに鐘がついている。正午と六時と、時を告げていたのはこの鐘なのだろう。

鐘の下にある文字盤の「3」のそばに小窓があって、そこから鎖が垂れ、十メートル下に見覚えのある灰色ジャケットを着た男が吊り下がっていた。ぐったりとして、汚れた長い髪が海草のように揺れている。長い袖から出た右手には、小指と薬指がない。

アンに先導され、エドワードやヘンリー、それにチャールズ、ジェームズ、ムジクとともに駆け付けたベイカーとミズキはその光景に言葉を失った。時計台のふもとにはフィリップ一派がそろっていて、揺れるガムガの死体を見上げ、口々に吠えている。

「初めに発見したのは誰なんだ？」

「私です」

ベイカーの問いに答えたのは、アンだった。

「異議申し立ての六時に迫ったのに、ガムガさんがなかなか姿を現さないので探しに出たら、あんなことに……」

「誰も、手は触れていないんだな？」

アンは震えながらうなずいた。

「もとより、私たちに、手はありません」

「おい、お前」

ベイカーは、チャールズの背後で顔じゅうに脂汗をかいているムジクに声をかける。

「天使に今すぐ通報するんだ。俺とこいつは、上って状況を確かめておく」

「は、はい……」

「てめえ、うちの法律顧問を勝手に使うな。それに、天使なんて……」

文句を言いはじめるチャールズを、ベイカーはにらみつけた。

「バッバ・シティで人が死んだときは天使を呼ぶって決まっているんだ！」

ベイカーは黒い鉄製の扉を開き、じめじめしたレンガ造りの階段を駆け上がった。ミズキとエドワードもついてくる。最上階は時計を動かす機械がひしめき合っており、すべてのパーツが、死体がぶらさがっていることなどお構いなしといったようにコチコチと正確に働いていた。

「ベイカーさん、見てください」

ミズキが指さしているのはその機械の中心にある直径六センチほどの支柱だった。そこに、鎖が巻き付けてあるのだ。

「あれは……」

〝勇猛果敢〟エドワードの声は震えていた。

「どうしたんだ？」

「〝病み上がり〟ビーンを縛り付けていた鎖さ」

ビーンは一度〝GOD〟ジョンを侮辱したときにここに一ヵ月ものあいだ、監禁されたことがあるという。そのときは反省したと目されて解放されたが、直後に、【ゼペット工房】の一件を起こしたのだ。

ベイカーは小窓から顔を出し、下を見る。こちらを見上げる犬たちとベイカーのちょうど中央あたりに、死体が吊り下がっていた。首に掛けられているのは、鎖に結び付けられた赤い首輪だった。

「『首輪』だ。これで、〝病み上がり〟ビーンの呪いがすべて完成したってことか」

……しかし、今までの犠牲者は玩具犬だったが、なぜ人間であるガムガが殺されなければならなかったのか。

「あれ、何でしょう？」

振り返ると、ミズキが大きな歯車の下を覗きこんでいた。ベイカーも床に顔をつける。魚の顔と目が合った。引っ張り出すと、車輪のついたナマズのおもちゃだった。地面に置いて少しバックさせるとねじが巻かれ、走り出す仕組みだ。

「くだらねえ。仔犬《こいぬ》騙しのゴミだろう」

エドワードがはき捨てた。

「本当によく、死体と巡り合うお二人ですね」

いつもの電動立ち乗り二輪車で現れたジュジュエルは、ベイカーとミズキの顔を交互に睨みつけながら憎まれ口を叩いた。死体発見からまだ、十五分も経っていない。

「もとはと言えば、お前の上司の情報だ」

その〝仮面の弁護士〟は、事件の一報を知るとすぐにケンネルの幕の後ろに隠れてしまい、現場には現れていない。そこらじゅうにいるのは相変わらず、犬のぬいぐるみどもだけだった。法律顧問の人間が突然首を吊ったという状況に興奮し、派閥関係なく入り乱れ、死体を見上げて吠え続けている。夜になって興奮するのは本物の犬と同じようだった。時計台には水色の制服を着た《セラフィムの瞳》の連中が上り、写真を撮っている。

「呪いだなんて馬鹿馬鹿しい」

これまでのいきさつを簡単に話すと、ジュジュエルは鼻で笑った。

「いくらAI技術が発達して、プログラムされた感情が人間に近づいたからと言って、玩具がかけた呪いが具現化するなんてこと、ありえないですよ」

「俺たちだって別に呪いを信じているわけじゃない。フィリップへのファミリーのボスの座の継承をよく思っていない連中の仕業かもしれないと言っているんだ」

ベイカーは答えるが、空恐ろしい感覚は拭《ぬぐ》えていない。

「おい、エドワードよ」

不意に、エドワードに声をかけてきた者があった。凶暴ポメラニアンのチャールズだった。その声はやけに穏《おだ》やかだった。

「俺たちのあいだで問題が起こっているうちは別にいい。だがこうして人間が犠牲になり、天使まで出てきたら事は重大だ。どうだ、一度、俺たち三匹だけで話し合おうじゃねえか」

エドワードの顔に疑惑の表情が浮かぶ。チャールズはせせら笑ったが、どことなく恐怖が感じられた。

「へん、俺がお前を闇討ちにしようとしているとでも思ったか。今お前をぶっ壊したら、ファミリー全体はさらに混乱する。その隙に他の玩具団に攻め込まれたら、全員揃って、スクラップ工場行きだ。俺も、あいつは置いていくさ」

顔をくいっと動かし、ジェームズをさした。

「あれ……？」

ミズキが突然つぶやいた。ドーベルマンの顔をじっと見ている。どうしたというのか。

「わかった、話し合おう」

ミズキのことを気にすることなく、エドワードは同意を示した。

「アンによれば、フィリップがディストリクト・ローレルの修理屋から帰ってくるのは九時すぎだそうだ。十時に待ち合わせよう。場所は、パチー公園の噴水前でいいな」

「ああ」

チャールズとジェームズは闇の中へ去っていく。ミズキはジェームズの後ろ姿を、頬をつねるしぐさをしながら熟視していた。

6.

フィリップ、エドワード、チャールズの三頭会談がパチー公園で行われているはずの十時。ベイカーとミズキはエドワードのケンネルの二階にいた。二人に与えられた部屋は、人間二人が寝起きするには十分の広さだったが、なにぶん犬のための部屋なので天井が低く、ミズキですら立て膝をしても頭がぶつかってしまうほどだ。当然、ベッドなどというものはなく、十個のクッションが用意されていた。勝手に敷いて眠れということだろう。

「人間のお客様なんて珍しいものですから、こんなものしかなくて、申し訳ありません」

ただでさえ扁平な顔をくしゃっとさせ、ペキニーズが謝った。マックスという名で、エドワードの身の回りの世話をしている。ベイカーたちの前に差し出されたのは、ビーフやチキンの缶詰だった。

「ドッグフードを持ってこられるよりはましだ」

ベイカーがそう応じると、ペキニーズはげへっ、とやけに媚《こ》びた笑いを見せて去っていった。ベイカーはビーフの缶を開けながら、ミズキをちらりと見る。彼女はこの部屋へ着くなり、メモ用紙を見てじっと何かを考えていた。右手で頬をつねるようなしぐさをしながら。

「おい、食べないのか？」

「え、ああ……、私はまだいいです」

ミズキはメガネをずり上げた。本当に変なやつだ。

「お前、さっきあのドーベルマンをじっと見ていただろ」

「あっ、気づいてました？」

「目がピンポン玉のように大きくなっていたからな」

「本当ですか？」

「嘘に決まっている」

ミズキはふくれっ面をした。フォークで肉を刺し、ミズキに差し出す。

「いったい、何が気になったんだ？」

「鼻ですよ」

受け取りつつ、ミズキは言った。

「ドーベルマンのジェームズさん、昼間ドッグランで見たときには全身真っ黒で威圧的だなって思っていたんです。でもさっき、時計台の明かりに照らされて見たときには鼻が茶色かった」

ベイカーは思い出す。そういえばそうだった気もした。

「暗くなると色が変わる素材なんじゃないのか？」

「形も丸くなっていましたから、鼻自体を付け替えたんだと思います。人間のメガネみたいに、気分で付け替えることがあるんですかね」

「……さあな。嗅覚《きゅうかく》の性能が変わるんじゃないのか」

いずれにしても、大したことではないように思える。ベイカーは肉を口へ運ぶ。味が染《し》みていた。

「ところで、ベイカーさんもこれ、もう一度見てくれませんか?」

ミズキは手元の紙を差し出す。フィリップが今までに受けた事故について書かれていた。

バウワウ十八年　カッター付きコウモリに背中から腹までを傷つけられる。
バウワウ十九年　ダンプに後ろ半身を轢かれ、潰される。
バウワウ二十年　十月三日(今日)　パチー公園噴水にて酸に前足から首までを浸ける。

「たしかに運が悪いな。本物の犬ならとっくに死んでいる」

「フィリップさんがこのファミリーに入ったのは、バウワウ十年のことだと、エドワードさんは言っていましたよね?」

「ん……ああ」

「でも、事故に遭いはじめたのはここ二年のことです。何か、作為を感じます」

「ここ二年のうちにフィリップが恨みを買うようになり、誰かが完全に壊そうとしているというのか」

「でも、それだったらダンプのときに完全に潰すこともできたはず。なぜそうしなかったのでしょうか」

「何が言いたいんだ？」

「修理屋ギンティさん」

ベイカーの問いに、ミズキはそう答えた。

「この事件には、その人がキーパーソンとなるような気がしています」

まったく、意味がわからない。ポモにしっぽを取り付けたあいつが何だというのか。ベイカーはもう何も言わず、チキンの缶詰に手を伸ばした。

「なんですか、この狭い天井は」

文句が聞こえてきたのはそのときだった。ジュジュエルが部屋に入ってきた。

「なんだお前、何しに来た？」

「失礼な。あなたがたに事情聴取にきたに決まっているでしょう」

眉を歪め、ぐりぐりと強引に二人のあいだを割って座った。

「あなた方、亡くなったガムガさんには今日初めて会ったと言いましたね？」

二人はそろってうなずく。ジュジュエルは黄緑色の天使の輪を操作し、低い天井に画像を映し出した。ガムガの顔だった。

「この人、とんでもない人ですよ。もともとは弁護士ではなく会計士です。外ではとある農機具のスクラップ処理場の顧問会計士だったのですが、お金を横領して逃げ出していますね。バッバ・シティに流れてからはしばらく人食いナマズのブローカーをしていたそうです」

バッバ・シティの外では人食いナマズの取引は禁じられているが、バッバ・シティの内部にはその法律は及ばない。そんなことよりベイカーは、時計台で見たナマズのおもちゃを思い出していた。ミズキも同じことを考えていたようだ。

「水槽つきのトラックを調達して人食いナマズを運んでいたんだそうですが、あるとき商品のナマズに指を食いちぎられてナマズ恐怖症になり、やめてしまったそうです」

ガムガの指がないのには、そういう理由があったのだ。

「で、そのトラックなんですが、ディストリクト・マロン四丁目の路地に乗り捨てられているのが発見されました。水槽の中から何が発見されたと思います？」

ジュジュエルは笑みを浮かべ、ベイカーとミズキの顔を交互に眺めた。

「もったいぶるな、早く言え」

「ボトムレス・オレンジ。パチー公園の噴水を満たしていたあの酸ですよ。本来は、農機具とか大型のシュレッダーとか、そういう大型の刃物を溶かして処理するための酸です」

「農機具？　ということは……」

「そうです。調べてみたら、かつてガムガが勤めていた農機具処理場から、大量のボトムレス・オレンジが盗まれていることが判明しました」

「ということは、エリザベスの一件はガムガの仕業だったというのか？　しかし、なぜ……」

「それはわかりません」

肩をすくめるジュジュエル。玩具が被害を受けた事件には興味がないのだ。

「先を進めます。ガムガはナマズ売りを辞めた後、バッバ・シティで一番ともいわれるメモリ交換屋の手伝いを始めました」

ガムガの隣に、やせ細った、鳥のような顔の男の写真が現れた。

「メモリ屋ミックと呼ばれているこの男は、バッバ・シティにいながら裏ルートでハイ・チー・テン社の最新の機器を手に入れることができ、有力な玩具たちの古い媒体の中のデータを新しいものに移し替える仕事をしているのです」

「そういえばフィリップがメモリを移し替えたとかいう話も聞いたな」

「まさしくそのときにフィリップは店にいたガムガと知り合い、今回のことにあたって法律顧問として呼び立てたのでしょう。で――、お二人は、このメモリ屋ミックに見覚えは?」

ベイカーは無言で首を振るが、ミズキは何かを発見したようにメモリ屋ミックの顔を見ていた。

「どうしたのですミズキさん。この方をご存じなのですか?」

「ジュジュエルさん。フィリップさんがこの人のところでメモリ媒体を入れ替えたのはいつのことですか?」

「話の流れとまったく関係ない質問ですね」

ジュジュエルはむっとした。

「たしか半年前とか言っていましたけど」

「媒体っていうのは、その、中核となる部分だけを入れ替えるんでしょうか?」

「はー? そんなの私が知るわけないじゃないですか」

「もう一度、訊いてきてください、お願いします」

「あなたね。私はあなたの助手じゃないんですよっ!」

「ベイカーさん、ミズキさん」

ペキニーズのマックスが入ってきた。

「エドワード閣下がお戻りになりました。お二人に話があるそうです」

「三匹で話をしてきたよ」

籐椅子の上にぐったりと横たわったまま、エドワードは口を開いた。ベイカーとミズキの他、成り行き上、ジュジュエルもそばにいて、むすっとしたまま腕を組んでいる。

「結論から言うと、ファミリーのボスの座は遺言通り、フィリップに継いでもらうことになった」

このまま組織が弱体化して、他の玩具につけ狙われるのを避けるのが先だということに三匹のあいだで決まったのだった。そのため、当面対立は落ち着かせるほうがいいという判断だった。

「ヘンリーのようなやつはうるさく言うだろうが、偉大なる〝GOD〟ジョンの思し召しだといえば皆、納得するはずさ」

「エドワードさんが中心となってとりまとめたのですか？」

ミズキの質問に、エドワードは「いや」と答えた。

「チャールズさ。何か思惑があってのことかと俺も疑ったが、やけに素直でな。フィリップのことを褒めるようなことも言っていた」

「なんで急に態度を改めたんでしょうか。やっぱり、呪いが怖かったとか」

「ふふ、あいつはああ見えて臆病《おくびょう》だからそれもあるだろうがな、ジェームズに諫《いさ》められたと言っていた。組織のことを考えるなら混乱をまとめることが先だと。メルビンやエリザベスのことを考えても、ファミリーに裏切り者がいることは明らかだ。それを協力してあぶり出さないと、新しい一歩は踏み出せねえとな。なかなか見上げた心掛けだと、俺もフィリップも認めたのさ」

ミズキは頬をつねりはじめた。

「そういうわけで、俺たちの異議申し立てはナシだ。勝手で悪いが、あんたらもお役御免。このまま帰ってもらっても構わねえが……」

「いや」

ベイカーは遮った。

「俺たちの目的は〝仮面の弁護士〟と話をすることだ。明日のセレモニー後にそうさせてもらう」

「そうだったな。じゃあ今日はもう、ゆっくり休んでくれ」

再び階段を上り、天井の低い客間へと戻ってきた。ミズキはそのあいだも頬をつねりながらいろいろ考えていたが、ドアを閉めるなり、ベイカーのほうを振り向いた。明るい表情だった。

「たぶん、わかったと思います」

「何がだ?」

「一連の事件を、誰が起こしたのか。これは、〝病み上がり〟ビーンの呪いの噂を利用した、とてつもなく用意周到なファミリー乗っ取り計画です」

突拍子もないことに、ベイカーは目を丸くした。

「ベイカーさん。今から、お店に戻って取ってきてほしいんです」

「何をだ」

このあと、ミズキが告げたモノに、ベイカーは絶句するしかなかった。

7.

次の日の昼、【GOD-DOGファミリー】のドッグランには、昨日壊された二体を除き、すべての玩具犬がそろっていた。後継のボスに指名されたフィリップは、修理屋の仕事が早かったと見え、昨日酸で溶けてしまった前足から首にかけてしっかりと入れ替えられていた。それればかりか、首から顔にかけて、丸洗いしたかのように真っ白くなっている。傷がないことから、まるまる別の外皮に入れ替えたようだ。

——ミズキの推理が正しいことを、ベイカーは確信していた。まったく、なんてやつだ。

そのミズキは、満足そうに会場を見回している。その足元には、薄汚れたスポーツバッグ。昨晩ベイカーが急いで持ってきたモノが入っているが、いったい何の役に立つというのか。

リンゴーン――。

荘重な、正午を告げる時計台の鐘。黒い幕が開き、ロングコートチワワのビアンカと〝仮面の弁護士〟が登場する。

「みなさん、お待たせしました」

〝仮面の弁護士〟の一言に、犬たちは姿勢を正してお座りをした。

「ただいま、正午になりましたが、今一度だけお尋ね申し上げます。昨日上映された〝GOD〟ジョンの遺言に、異議申し立てのある方はいますか？」

エドワードは口を結んだままだ。ポメラニアンのチャールズも同様である。その他の犬たちも、まるでスイッチを切られてしまったかのように静かにしていた。

「それでは、偉大なる〝GOD〟ジョンの遺言どおり、ファミリーの新たなボスはフィリップさんとします。フィリップさん、こちらの台の上へどうぞ」

〝仮面の弁護士〟は黒い幕の上を指さした。昨日、〝GOD〟ジョンの立体映像が映し出された場所だ。新たなボスがそこに立ち、部下となる玩具犬たちに演説をするという趣向なのだろう。フィリップが立ち上がり、厳《おごそ》かに前へ進む。フィリップ一派の小型玩具犬たちが拍手代わりに前足で地面を叩く。

……と、まったく逆の方向から一匹の玩具犬が出てきた。その玩具犬の足取りは速く、フィリップよりも先に、颯爽《さっそう》と黒い台に駆け上がり、一同を見回した。

「なんだ、あいつ……」

エドワードが目を見張る。台に上りかけていたフィリップも驚いたまま足を止めた。

台の上にいるのは――、黒いドーベルマン、ジェームズだった。

ジェームズは一同を睨み回した。

玩具犬たちは誰も何も吠えず、ただ唖然として、ジェームズを見ている。

「お、おいジェームズ、お前、何しているんだ！　降りてこい！」

〝荒くれ〟チャールズが叫ぶ。

「何をしている、だって？　今〝仮面の弁護士〟が言ったとおり、ボスの座を継承しようというのだよ」

低い声でジェームズは答える。そこにはもう、チャールズに忠実な用心棒の様子はなかった。

「回路がイカれたか。お前はジェームズ。フィリップではないだろう？」

「果たしてそうかな？」

ジェームズは不敵な笑みを見せると、「おい！」とひと鳴きした。呼応するように、一体の玩具犬が啞然とするフィリップの脇を駆け抜け、台に上った。モップのような黄色いシーズー、アンだ。アンは何やら巻紙を咥《くわ》えていたが、足元にそれを降ろすと、ちょこんとお座りをした。

なぜ、フィリップの腹心のはずのアンが、ジェームズの脇に……？　犬たちがざわめき、吠え出す者もいる。

「お静かに。私からご説明いたします！」

アンは声高らかに告げる。

「お三方、お願いします！」

すると今度は、ドッグランの出入り口から三人の人間が現れ、犬たちのあいだを進んでいく。一人はチャールズの法律顧問、ムジク。次に、昨日ジュジュエルがベイカーたちに見せた鳥のような顔の男、メモリ屋ミック。そしてもう一人は……、青と白のストライプの作業着を着た修理屋だった。ディストリクト・ローレルのおんぼろ工場に住む、修理屋ギンティだ。

「そこにいるフィリップは」

三人が台に上がると同時に、アンはしゃべり出す。

「バウワウ十八年の夏、カッター付きコウモリに襲われ、背中から腹部にかけての外皮を損傷しました。その修理を担当したのが、こちらにご足労いただいた修理屋ギンティさんです。ギンティさん、あなたはそのとき、フィリップの外皮だけではなく内側の骨組みも修理しましたね？」

「そうだね」

ギンティはゆっくりしたペースでうなずいた。

「パーツもすべて交換しましたね？」

「うん、間違いない」

わが意を得たりとアンは巻物を開き、台の前に垂れ提げた。横から見たフィリップの図と、それぞれのパーツを修理した日時が書かれていた。それは、昨日ヘンリーがミズキに告げたのとほぼ同じだった。バウワウ十九年の四月半ばにダンプにつぶされた後半身、後ろ足を交換。バウワウ二十年十月三日、パチー公園噴水にて酸に前足から首までを浸け、胸部、前足を交換修理……。

「さあ、ここでもう一人の証人にご登場いただきます。メモリ屋ミックさん」

ギンティと入れ替わるようにミックが前に出てくる。

「あなたは、そこにいるフィリップのメモリ媒体を交換しましたね？」

「いかにも。半年くらい前のことだ」

「交換したのはメモリ媒体だけですか？」

メモリ屋ミックは目をつぶって首を振る。

「ちょうどカメラと鼻先の新しいパーツも手に入っていたからね、首から上の外皮はそのままに、中のパーツをごっそり交換したのさ」

「ありがとうございます。さて、その顔の外皮ですが……」

「それなら、俺が昨日、修理のついでに交換したさ」

ギンティが口を挟む。キャン！　と嬉しそうにひと吠えすると、アンは「どうです？」と一同を見回したあとで、台の下で怒りに震えているフィリップを見下ろした。

「この二年間のあいだに、フィリップの体は、そっくり別のパーツに入れ替わってしまっています」

「……だからどうした？」

こほん、とわざとらしく咳をしながら出てきたのはムジクだった。

「昨日上映された遺言立体映像の冒頭で〝GOD〟ジョンは、『この遺言は、バウワウ十八年七月一日現在のものだ』とはっきり述べています。さらに立体映像の後半では、『今、フィリップを中心として、ここに新たなファミリーを築くべし』と述べています。この二つの発言を総合するに、ボスに指名されたのは『バウワウ十八年七月一日現在のフィリップ』と解されるべきでありましょう。ところが、それ以降、フィリップの体は百パーセント、〝GOD〟ジョンのあずかり知らぬ別のパーツに入れ替わってしまった。したがって、そちらにいるフィリップは『バウワウ十八年七月一日現在のフィリップ』とは似て非なる存在であるということになり、ボスの継承権を失うことになると言わざるを得ません」

「ふざけるなっ！」

フィリップがついに吠え出した。

「体がすべて入れ替わっても、私の精神は新しいメモリにそのまま移っている！」

「精神とおっしゃるのはデータのことですね？　それは電気信号であり実体がありません」

「じゃあどうなるというのだ。元の私のパーツなど、もうどこにもない」

「それが、あったとしたら？」

真っ赤な口を開いてそう告げたのは、アンだった。ジェームズが台の端まで歩んでくる。

「元フィリップさん、このドーベルマンの顔をよく見てください」

「……あっ！」

その顔を見て、フィリップは叫んだ。

「私の、鼻だ」

真っ黒いドーベルマンには似つかわしくない茶色く丸い鼻。それは、昨日までフィリップの顔についていたものだった。

「アン……、記念に鼻を取っておきたいなどと言ったのは、お前じゃないか」

「そうでしたっけ？」

フィリップの腹心とは思えないほどのとぼけっぷりだった。

「ボスになるのだから顔を凜々しく変えなければいけないとそそのかしたのもお前だ。いや……コウモリの件も、ダンプの件も、今思えばお前が勧めた場所に行くたびに事故に……くそっ！」

やはりそうだったかとベイカーは考えていた。アンは秘密裏にジェームズと通じており、二年前から折に触れてはフィリップに体のパーツを入れ替えさせていたのだ。

「言いがかりはやめてください元フィリップさん。とにかく、『バウワウ十八年七月一日現在のフィリップ』のパーツがここにしかない以上、ボスを継承するのはここにいるジェームズ……いや、新フィリップということになります」

「なんていう理屈だ！　降りてこい、こら！」

〝荒くれ〟チャールズが目をひん剝いて吠える。

「そうだ。卑怯だぞ！」

〝勇猛果敢〟エドワードも立ち上がった。呼応するようにすべての犬が立ち上がり、ドッグランは吠えの渦となった。

「おだまりなさい！　立体映像の言葉を忠実に解釈した結果です」

アンは一同を睨みつけ、ついに、あの言葉を口にした。

「すべては、〝GOD〟ジョンの思し召しです」

吠えは唸り声に変わっていく。すべての玩具犬の中に組み込まれた歪んだ忠誠が、アンやジェームズにとびかかるのを制御している。ＡＩ技術というのは時にもどかしいものだ。

つまり、いくら人間より優れた機械が世の中を動かしていたとしても、人間が出しゃばらなければならないときというのは、必ずある。それが、今だ。

「異議なし！」

ベイカーは手を挙げ、立ち上がる。

玩具犬たちの注目が集まる。

ベイカーは、足元のスポーツバッグを肩に担ぎ、台のほうへ近づきはじめた。ミズキも背後からついてくる。

「お前たちの話は実に筋が通っている。パーツがすべて入れ替えられた玩具は、いかにデータが元のものであろうと、別物だ。ボスの座は指名されたときのパーツによって継承されなければならない」

「異議がないのなら、出てこなくていいだろう」

ジェームズが、台の上から黄色い目で睨みつけてくる。ベイカーはスポーツバッグを足元に下ろした。

「異議はない。だが、質問がある。もし、『バウワウ十八年七月一日現在のフィリップ』のパーツを持つ者が、お前以外にいた場合はどうする？」

ジェームズは、ばふっ、と笑った。

「そんなやつがいるわけはない。あいつのパーツはそこの修理屋のスクラップの中だ」

ベイカーはバッグのジッパーを開き、両手を入れ、それを引き出した。

「ぽもー」

ジェームズの顔が凍り付いた。ベイカーの店のキンカジュー型玩具、ポモだ。先日、ワニ型ホチキスに食いちぎられてしまったしっぽの代わりにぶら下がっているのは、およそキンカジューにふさわしくない、白と茶色の犬のしっぽだった。

「き、貴様、なぜ」

「ああ、そういやあんたたち、昨日、うちの店に来たっけね」

ギンティが笑った。

「そうそう、そのしっぽ。一年半くらい前にダンプでつぶされたフィリップのものだ。わははは、偶然だねえ」

楽しそうに腹を叩くギンティ。わん、わんわん！　犬たちの叫びが再び波となって押し寄せてきた。その波に乗るように、ベイカーはポモを抱えたまま台へ駆け上る。

「お前たちの論理に則《のっと》れば、こいつにもファミリーのボスにつく権利があるということになる」

わん、わんわん！　わん、わん、わん！

「これも、〝GOD〟ジョンの思し召しだろう」

わん、わんわん！　わんわんわんわんわんわん！

「黙れ黙れ！　だいたいそいつは、犬ではない！」

「そうよ。名誉ある〝GOD〟ジョンファミリーの歴史を、汚さないでほしいわ！」

ジェームズとアンが抗議するが、

「汚しているのはどっちだ！」「そうだ、恥を知れ！」

我慢の限界が来たのか、他の犬たちがいっきに押し寄せてきた。

「うるさい犬たちですねっ！」

鐘のような声が響き渡る。入り口から、まっ白な電動立ち乗り二輪車に乗って、一人の天使がやってくるところだった。

「ジュジュエルさん、お待ちしていましたー！」

ミズキが両手を振った。しっ、しっ、と犬たちを追っ払うようにしてやってくると、ジュジュエルはぴょこんと二輪車から降り、ミズキの縁なしメガネに向かって高圧的に人差し指を突き立てた。

「言っときますけど、これ、貸しですからねっ！」

「はい、喜んでお借りします。調べてもらったこと、どうでした？」

「あなたの言うとおりでしたよ、まったく。あのドーベルマンと、あのグレープフルーツみたいな色のシーズーは、外の世界で同じ人間の持ち物でした。農機具処理場を経営するジェイクという男性のね」

にっこり笑うミズキ。台の上で、ジェームズとアンは、茫然と佇んでいた。


「アンさんは、二年前まで、〝GOD〟ジョンの身の回りの世話をしていましたね」

台の上に乗っているのはミズキとベイカー、ジュジュエル、それに、アンとジェームズだ。

「そのとき、〝GOD〟ジョンの遺言立体映像をご覧になったのではないですか？」

アンは何も答えず、くぅーとうなずいた。本来は素直なAIのようだった。

「フィリップさん、エドワードさん、チャールズさんのいずれでもなく、外の世界で一緒だったジェームズさんにボスを継がせたかったアンさんは、遺言の中の言葉を巧《たく》みに拾い、フィリップさんのパーツをまるまる入れ替えることを利用する方法を思いつきました」

カッター付きのコウモリをしかけたり、ダンプでフィリップを轢くように差し向けたりと、その計画はうまくいっていたが、不測の事態が起こった。計画の内容をメルビンに知られてしまったのだ。

「なんとかメルビンさんを亡き者にしたかったアンさんが目を付けたのは、フィリップさんが法律顧問として指名した人物でした。これはまったくの偶然でしょうが、かつてアンさんとジェームズさんが飼われていた処理場を横領で追放になったガムガさんだったのです。アンさんは今後ファミリーであなたのことを匿ってあげるとそそのかし、交換条件として、メルビンさんを潰すことを押し付けたのですね。ティラノサウルスの骨を使うなどという方法をとったのは、人間が殺したと印象付けるためです」

たしかに、あの鎖は犬には切ることはできなかった。

ジュジュエルもふむふむと聞いていたが、はっとした顔をして、

「いや、ガムガが玩具犬を潰した件はいいのです。私が取り締まるべきは、人間を殺した玩具なのですから」

「もう少しですから待ってください。次に、エリザベスさんの事件です。エリザベスさんもおそらく、アンさんたちの計画に気づいたものと思われます。エリザベスさんのカメラ

は撮ったものを過去二十四時間分記録しておける監視カメラ仕様ですね。これではメルビンさんのように潰しただけでは記録が残ってしまう。アンさんが着目したのはガムガさんが腹いせのために処理場から盗んでいた酸です。ガムガさんに言って噴水に酸を入れさせ、エリザベスさんをおびき寄せたうえで池に沈める」

「なるほど、記録媒体も溶けてしまいますからね」

ジュジュエルはうなずいたが、

「いや、だからね、私が知りたいのは……」

「ガムガさんがエリザベスさんを溶かしているとき、アンさんは別に計画を進めます」

ミズキは強引に説明を続けた。

「フィリップさんに、顔の外皮を交換するなら記念に取っておくと言って鼻をもらい、その長ーい毛の下に隠しておいたのですよね。エリザベスさんが変わり果てた姿になったのを発見した噴水の前で、わざと挑発するような発言をし、ジェームズさんが襲い掛かってきたときにこっそり渡したのでしょう」

あのときアンが不自然にジェームズをあおっていたのには、そういう理由があったのだった。

「おそらく〝病み上がり〟ビーンさんの呪いに見立てることを考えたのもそのとき、チャールズさんが呪いだと言い出したことにヒントを得たからです」

「何だと？」

〝荒くれ〟チャールズが額にしわを寄せる。

「呪いのせいにしておけば、犯人はごまかせます。折を見て、ガムガさんと時計台の上に上ったアンさんは、健康器具だとそそのかしてガムガさんに首輪を装着させます。そして、ナマズの玩具を作動させた。ナマズ恐怖症のガムガさんは半狂乱になって首輪をつけたまま逃げ惑う。窓に近づいたときに一気に体当たりし、突き落としたのでしょう」

「ふう……」

ジュジュエルがため息をついた。

「ようやく、ガムガ殺しにたどり着きましたね。さて、今ミズキさんが述べた推理に、何か申し立てはある？」

ジュジュエルはアンとジェームズの顔を交互に睨む。

「当たり前だ。俺たちはやっていない」

「そうかしら、そちらの黄色いシーズーは悔しそうだけど」

意地悪く微笑むジュジュエルの目の先には、アンがいた。

「私の計画は完璧だったのよ。私は頭がいいの。人間なんかより、ずっと。ずっと」

「おい、アン……」

「認めたわね、逮捕します」

「くそっ！」

ジェームズはジュジュエルを突き飛ばし、台から勢いよく飛び上がった。吠える犬たちの中に飛び降りると、一気に出口のほうへ逃げ去る。

「待ちなさい！」

ジュジュエルの黄緑色の輪がそれを追う。やがてドーベルマンの首に輪が巻き付き、絞めはじめる。ジェームズは苦しそうにのたうち回る。

「快感だわ。ドーベルマンを逮捕できるなんて、外の警察にはできないもの」


戦車の大群が押し寄せてきたのかと思うほどの地響きがはじまったのは、そのときだった。

「なんだ、なんだ？」

今まさにジェームズが逃げようとしていた入り口から、人影がなだれ込んできた。

いや、人影ではない。木偶だ。木製の人形たちが木刀や投げ縄、木製鉄砲《てっぽう》に木製バズーカなどを携え、走ってくる。きゃーたたた！　聞き覚えのある笑い声がベイカーの耳朶《じだ》を揺るがす。

「【ゼペット工房】だ！」

誰かが叫んだ。木馬が蹄《ひづめ》の音も高らかに走ってくる。乗っているのは、バッバ・シティ最凶の呼び声も高い玩具、ピノだった。

「【GOD－DOGファミリー】のボンクラども！　ジョンがくたばったってな！　ピノ様が直々に、弔《とむら》いにきてやったぞ！」

天使の輪が首に絡まったドーベルマンを空き缶のように蹴とばしながら、木馬はものすごい勢いで近づいてくる。

「誰が新しいボスになったかなんて俺様には関係ねえ。全員まとめて動物墓場《ペット・セメタリー》行きさ。棺桶《かんおけ》と讃美歌《さんびか》はサービスだ！」

ぼごんと、木製の玉が撃ち込まれる。台の柱に当たり、台がぐらりと揺れた。

「わああっ」

「きゃっ！」

崩れる台。あたりでは戦闘がはじまっている。といっても、もっぱら【ゼペット工房】の木偶どもが優勢だ。玩具犬たちはバットや棍棒《こんぼう》でぼこぼこと殴られ、あちこちでキャンキャンと悲痛な叫びが聞こえていた。

と、そのとき、戦車のような咆哮《ほうこう》が轟《とどろ》いた。

「誇りある【GOD－DOGファミリー】の息子たちよ！」

崩れた台のうえに乗り、一同を見下ろしているのは、ビーグル犬型玩具、〝もの知り〟フィリップだった。

「怯むんじゃない。今こそ、我々の結束の時だ」

外皮を張り替えたばかりのその雄々しい姿は、まさにファミリーの新しいボスにふさわしかった。

「〝GOD〟ジョンの名に恥じぬよう、向かってくる敵に背を向けるな！」

「当たり前だ！」

荒くれポメラニアンのチャールズが呼応する。

「こんな薄汚《うすぎたね》え丸太どもは、全部猫の爪《つめ》とぎにしてやる！」

「GOD——、」

DOG！　犬たちはいっせいに吠え、態勢を立て直す。

「かかれっ！」

ピノにとびかかっていくのは、セントバーナード犬、〝勇猛果敢〟エドワードだった。それに勇気づけられるように犬たちも次々と反撃に出た。飛び交う怒号と吠え声。飛び散る木片と犬の毛。戦争が、始まっていた。

「……ベイカーさん、ミズキさん、ここはひとまず退散しましょう」

ジュジュエルが言ってきた。「ああ」とベイカーは答え、出入り口のほうへ行こうとしたが、ミズキがついてこなかった。

「ミズキ、何をしているんだ」

「私は、あの人に話が……」

ミズキが見ているのは、ドッグランの奥だった。壊れた台の向こうで、茫然と立ち尽くす、〝仮面の弁護士〟の姿があった。

今しかない。ベイカーは駆け寄り、その男の仮面を引きはがした。

「あっ！」

男の顔が露《あらわ》になった。その顔を、ベイカーも写真で見たことがあった。犬の鳴き声も、木偶人形の棍棒の音も、すべてが遠のいていった。

――シンヤだった。

「……お父さん」

ミズキの目から、涙がこぼれた。

きゃーたたた、きゃーたたた。笑い声が聞こえた。

瞬間、シンヤのこめかみに、木の球が直撃していた。スイカが岩の上に落ちるような音がして、シンヤの顔は吹っ飛んだ。

「えっ……？」

争いの中、すべての音が消え、すべての動きが止まったように思えた。

この〝悪魔のおもちゃ箱〟の中を駆けずり回ってミズキがやっと出会えた父親は、首のない体となり、ゆっくりと倒れていくところだった。

エピローグ

《ブラック・ベイカリー》の店内はがらんとしている。パンを置かないパン屋など、死体の無い葬儀屋よりも寂《さび》しいものかもしれない。

「ぽもー」

佇むベイカーの足元に、ポモが寄り添ってきた。

ミズキがふさぎ込んで三日になる。ベイカーはがらんとした店の中に椅子を置き、ぼんやりと座っているのだ。

三日前、【ゼペット工房】の連中と犬玩具たちが戦っている中、父の頭の前に膝を落としたミズキの、震える背中をベイカーは思い出す。近づいていって、その前に転がっているシンヤの頭を見て、目を見張った。

首から垂れているのは、無数のコードだった。その目は人工的な青い光を放ち、口からは緑色のオイルが流れ出ていた。

——私は気づいていたのです。

そばで声がした。ロングコートチワワのビアンカだった。

——この弁護士が、人間ではなくアンドロイドであることに。

ある日〝GOD〟が遺言の執行のために連れてきたこの弁護士を見た瞬間、ビアンカはおかしいと思っていたのだそうだ。その後、食事の世話をしていたビアンカは、シンヤが食べるふりをしてこっそり食事を捨てているのを見た。

――〝GOD〟ジョンは気づいた様子がなかったので、黙っていたのです。

しかし、どういうことなのか。顔はシンヤにそっくりだ。ビアンカはそれについては何も知らないと証言した。ジュジュエルに意見を聞こうとしたが、彼女はすでにジェームズとアンを逮捕して引き揚げるところだった。

せっかく父親に会えたと思ったのに、それは父親に似せて作られたアンドロイド。しかも、壊れてしまって父につながる情報も得られそうにない。ミズキがショックを受けてしまうのも無理はなかった。

「ぽもー」

足元でポモが鳴く。ミズキに何か食べ物を持っていってやれと言われているようだった。冷蔵庫の中に何か、あっただろうか。……そういえばあの冷蔵庫、まだ修理をしていなかった。

店の前に、大きなパンダが停まったのはそのときだ。

パンダの柄をしたバンだった。後部座席が開き、綿あめのような図体《ずうたい》のぬいぐるみと、一台のベビーカーが降りてきた。ブルーベリーの鐘を鳴らし、ベビーカーは店に入ってくる。

「ぶー、ばあ！」

シニョーレ・ニコラはご機嫌な様子で、金色のおしゃぶりを振り回していた。膝の上には花束《はなたば》が載っている。

「近くまで来たもので、寄らせてもらったが、休みのようだな」

「ああ」

「シニョーラ・ミズキはどうした？」

ベイカーは、【GOD‐DOGファミリー】のことを話した。

「ふむ……」

シニョーレ・ニコラは少し考えていたが、あまままと奇妙な声を発した。

「シニョーラ・ミズキのもとへ案内するんだ」

「いやしかし……」

「無理にでも通してもらおう。おい」

合図とともにファーファファーボーイがベビーカーを奥へと押していく。ベイカーは追いかけるが、ファーファファーボーイは強引にソファーの脇を通り抜け、ミズキの寝ている寝室のドアを開けた。

ミズキはベッドに半身を起こして、驚いていた。

「レディーの寝室に押し掛けて申し訳ないが、どうしても君に会いたくてね。おい」

ファーファーボーイはシニョーレ・ニコラの膝の上に載せてあった薔薇《ばら》の花束を持ち、ミズキに手渡した。ミズキは茫然としていたが、「あ、……ありがとうございます」と言った。

「レディーの前ではどんなに綺麗な薔薇もかすんでしまうと思っていたが」

シニョーレ・ニコラはおしゃぶりをくわえる。

「今のシニョーラ・ミズキは、薔薇の茎にもかなわないほどだ」

「……ほっておいてください」

ミズキは顔をそむける。

気まずい沈黙が流れた後で、シニョーレ・ニコラは告げた。

「この街で、アンドロイドを作っている者は限られているはずだ。私は三ヵ所心当たりがあるが、その他にもそんなに多くないだろう。君の父親をモデルに何かの理由でアンドロイドを作った者がいたとすれば、すぐに突き止められる」

「本当ですか」

「私の創造主であるパナセダ大学のギャンは聡明な男だったが、完璧ではなかったと思える」

そしてシニョーレ・ニコラは**ばあ、ばあ**と笑った。

「私に、『あきらめる』という選択肢をプログラムしなかったようだからな」

まったく、気取った生後五ヵ月だ。

「いいか、シニョーラ・ミズキ。いくらどん底の状態にいても、自分のことを必要としてくれる者がいることを忘れてはならない」

ミズキは、その赤ん坊を見つめた。

「これからもっと、多くの者に必要とされるはずだ。それが人間とは限らないが、それが何だというのかね。こんなところで寝ている場合ではないんじゃないのかね。まあ、ハイハイもできない私が言うのもなんだが」

シニョーレ・ニコラは**ばあ、ばあ**と笑うと、ファーファーボーイに合図を出した。ベビーカーは方向を変え、店のほうへと戻っていく。

「おい」

「バイバイは不要だ。近いうちにまた来るだろうからな」

赤ん坊は出ていった。

ベイカーは寝室に戻ってくる。ミズキはベッドの上で、恥ずかしそうに花束を見つめていたが、やがてぽつりとつぶやいた。

「これ、造花です」

「それがどうしたというんだ」

ベイカーの口から、自然と言葉が出た。ミズキは顔を上げた。

「造り物のどこがいけないというんだ。心があれば、すべては本物だろう」

自分らしくないことを言ってしまったとベイカーは少し後悔した。しかし、人間と同じ感情を組み込まれたうえで人間に捨てられた玩具たちの暮らすこの街では、物質的な基準で本物か否かを判断するのは、もはや意味がないことに思えた。こういう世界だからこそ、本物は自分で決めなければならない。ミズキの父親を探すこと、そして、自分自身の生き方を探すこと——。

ミズキは意外そうにベイカーの顔を見ていたが、やがて「そうですね」と微笑んだ。久しぶりに見る笑みだった。

「ポモー」

店の入り口で、ブルーベリーの鐘はまだ音を立てていた。

玩具の街の二人の人間を見ているのは、犬のしっぽを取り付けられた無様な恰好のキンカジュー型玩具だけだった。

本書は書き下ろしです。

講談社タイガ

〈著者紹介〉

青柳碧人（あおやぎ・あいと）

1980年、千葉県生まれ。早稲田大学教育学部卒業。同大学クイズ研究会OB。『浜村渚の計算ノート』で第３回「講談社Birth」小説部門を受賞し、小説家デビュー。「浜村渚の計算ノート」シリーズはロングセラーの大ヒットとなり、「少年シリウス」でコミカライズもされる。他の著作に、「ブタカン！」シリーズ（新潮文庫nex）など著書多数。

上手《じょうず》な犬《いぬ》の壊《こわ》しかた　玩具都市弁護士《トイ・シティ・ロイヤーズ》

2018年1月22日　第1刷発行　定価はカバーに表示してあります

著者…………………………青柳碧人《あおやぎあいと》

発行者………………………鈴木　哲

発行所………………………株式会社 講談社

〒112-8001 東京都文京区音羽2-12-21

編集03-5395-3506

販売03-5395-5817

業務03-5395-3615

本文データ制作……………講談社デジタル製作

印刷…………………………豊国印刷株式会社

製本…………………………株式会社国宝社

カバー印刷…………………慶昌堂印刷株式会社

装丁フォーマット…………ムシカゴグラフィクス

本文フォーマット…………next door design

ISBN978-4-06-294101-3　N.D.C.913　298p　15cm

講談社
タイガ

玩具都市シリーズ

青柳碧人

玩具都市弁護士《トイ・シティ・ロイヤーズ》

イラスト
川西ノブヒロ

知能と感情を持つ玩具が生み出され四十年。人に捨てられ荒《すさ》んだ玩具と、落ちぶれた人間が集まる街は「悪魔のおもちゃ箱」と呼ばれるようになっていた。街に住む元弁護士のパン屋・ベイカーの前に現れたのは、キャプテン・メレンゲ率いるキッチン玩具団《マフィア》。彼らは、ブタの貯金箱《ピギーバンク》型密室で矢に射られ機能停止した、殺玩具事件の容疑者・コルク抜きビリーの弁護を依頼しにきたのだった！

講談社
タイガ

御子柴シリーズ

似鳥 鶏

シャーロック・ホームズの不均衡

イラスト
丹地陽子

両親を殺人事件で亡くした天野直人《あまのなおと》・七海《ななみ》の兄妹は、養父なる人物に呼ばれ、長野山中のペンションを訪れた。待ち受けていたのは絞殺事件と、関係者全員にアリバイが成立する不可能状況！推理の果てに真実を手にした二人に、諜報機関が迫る。名探偵の遺伝子群を持つ者は、その推理力・問題解決能力から、世界経済の鍵を握る存在として、国際的な争奪戦が行われていたのだ……！

講談社
タイガ

アンデッドガールシリーズ

青崎有吾

アンデッドガール・マーダーファルス　1

イラスト
大暮維人

吸血鬼に人造人間、怪盗・人狼・切り裂き魔、そして名探偵。異形が蠢《うごめ》く十九世紀末のヨーロッパで、人類親和派の吸血鬼が、銀の杭《くい》に貫かれ惨殺された……!? 解決のために呼ばれたのは、人が忌避する〝怪物事件〟専門の探偵・輪堂《りんどう》鴉夜《あや》と、奇妙な鳥籠を持つ男・真打《しんうち》津軽《つがる》。彼らは残された手がかりや怪物故《ゆえ》の特性から、推理を導き出す。謎に満ちた悪夢のような笑劇《ファルス》……ここに開幕！